Verlag Peter Dreves

Tatort Insel Föhr

Drei Menschen haben ein Motiv, Geld von der Wyker Inselbank abzuheben: Ein Obdachloser, um eine gefundene Dollarnote einzutauschen; eine Rentnerin, um einen lang ersehnten Pelzmantel zu kaufen; und ein Urlauber, um seiner Neu-Entdeckung imponieren zu können. Sie werden gemeinsam mit einer depressiven Kassiererin und einem standhaften Filialleiter Opfer eines Bankräubers, der auch ein Motiv hat, Geld „abzuheben" - ein edles sogar. Die Geiseln erleben viele Stunden der Todes-Angst, aber auch der Solidarität mit dem Geiselnehmer; die Angehörigen laufen Sturm und bei der Polizei bricht das Chaos aus. Die eingesetzten Spezialeinheiten arbeiten mit- und gegeneinander.
Am Ende gibt es zwar keine Laudatio für den Verbrecher, aber viel Mitgefühl - auch vom Chef-Verhandler der Polizei.

Rainer Ballnus

Plötzlich auf Föhr

Kriminalroman

Verlag Peter Dreves
An den Reesenbetten 2
D-24782 Büdelsdorf
www.verlag-peter-dreves.de

Plötzlich auf Föhr
Kriminalroman
von Rainer Ballnus

Lektorat:
Irene Döring
Erlangen

Umschlaggestaltung:
Peter Dreves
Druckvorstufe:
hego typographie gbr, hohenwestedt
Druck:
Breitschuh & Kock GmbH, Kiel

1. Auflage Juli 2007
ISBN 978-3-940444-08-0

Sie wollte wissen, wie spät es ist. Laut aufstöhnend drehte die kranke Frau im Bett mühsam ihren Kopf in Richtung Radiowecker. Jede Bewegung, jede Drehung bereitete ihr starke Schmerzen.

Acht Uhr in der Frühe. Was mag den Jungen so früh aus der Wohnung getrieben haben? Das war doch sonst nicht seine Art, er, der immer gern lange schlief und der ein ganzes Semester an der Uni hatte wiederholen müssen, weil er einige Vorlesungen regelrecht verschlafen und am Ende seine „Scheine", wie er die Zertifikate in einer bestimmten Disziplin immer nannte, nicht bekommen hatte. Auf ihren gut gemeinten Rat, doch ein wenig zielstrebiger zu arbeiten, hatte ihr Sohn immer nur lächelnd genickt und Besserung gelobt. Aber es wurde nicht besser. Im Gegenteil, wenn sie ihn recht verstanden hatte, drohte er sogar, durch das Examen zu fallen.

Was sie am meisten beunruhigte, war, dass er offensichtlich sehr darauf bedacht gewesen war, seine Mutter heute morgen nicht zu wecken. Sie konnte nicht sagen, dass ihr Sohn sonst rücksichtslos war, aber er ließ schon mal gern die Türen laut ins Schloss fallen oder verursachte mit seinen Holzsandalen klappernde Geräusche, die sie bei jedem Tritt zusammenzucken ließen.

Seufzend nahm sie ihren Kopf wieder zurück, versuchte, sich im Bett ein wenig aufzurichten, drehte den Körper ganz langsam zur anderen Seite und griff ebenso bedächtig nach dem gefüllten Wasserglas. Es war ihr nicht entgangen, dass ihr Sohn Wasser nachgefüllt hatte, bevor er die Wohnung verließ. Und das war eben die andere Seite von ihm. Er kümmerte sich rührend um seine schwer erkrankte Mutter, forschte im Internet nach immer neuen Möglichkeiten, um diese schlimmen chronischen Schmerzen wenigsten eindämmen zu können. Natürlich hatte er auch an der Uni, an der er Medizin studierte, alle möglichen Kontakte genutzt, um geeignete Therapien herauszufinden. Allerdings bisher nicht mit durchschlagendem Erfolg.

Junge, nimm es nicht so schwer, hatte sie ihm stets tröstend geantwortet, wenn die eine oder andere empfohlene Tablette oder die Tropfen oder andere therapeutische Maßnahmen nicht entscheidende Besserung, Linderung brachten.

Mit zittriger Hand ergriff sie das Wasserglas und führte es unter Schmerzen zum Mund. Schluckweise nahm sie das Wasser zu sich, leerte es auf diese Weise und lehnte sich erschöpft zurück. In diesem Moment hörte sie das Herumdrehen des Schlüssels in der Wohnungstür.

*

„Weißt du Klaus, am meisten freue ich mich auf die vielen Langläufe, die wir gemeinsam unternehmen werden.“

Irene schmierte ihrem Mann wie üblich zwei Butterschnitten.

„Die Hauptsache für mich ist, dass wir zwei wieder einmal ohne Pflichten so richtig ausspannen und abends ausgehen können", gab er zurück und blickte sie gutgelaunt an.

„Verdient hast du es allemal", fügte er noch hinzu und zwinkerte mit den Augen.

„Na, du ja erst recht!" meinte sie und strich ihm zärtlich über sein schon leicht ergrautes Haar.

Seit zwölf Jahren war er jetzt Filialleiter bei der Inselbank. Sie schaute ein ganz klein wenig stolz auf ihren Mann.

Vor dreißig Jahren hatte sie mit ihren Eltern zum ersten Mal Urlaub auf dieser Insel gemacht. Sie war ganz begeistert gewesen von diesem Familienbad mit dem herrlichen Strand. Alles war so beschaulich gewesen und mit der Hektik in Kiel gar nicht zu vergleichen. Dort hatten sie mitten in der City in einer Zweieinhalbzimmer-Wohnung beengt leben müssen.

Sie konnte sich noch heute ganz genau an ihre erste Begegnung erinnern: Nach einer Woche Urlaub war ihr damals das Taschengeld ausgegangen und sie hatte von ihrem Sparkonto noch einen kleinen Nachschlag abheben wollen. Da waren sie sich zum ersten Male in der Inselbank am Schalter für Spareinlagen begegnet, er schüchtern und mit Brille.

Irgendwie hatte es gleich bei beiden gefunkt. Denn noch am selben Abend waren sie verabredet gewesen und schon ein Jahr später verheiratet.

Viele Kinder hatten sie sich gewünscht. Irene seufzte tief, denn daraus war leider nichts geworden. Aber auf die Insel war sie mit ihm gezogen und sie waren glücklich.

Längst waren ihrem Mann von der Zentrale Angebote unterbreitet worden, andere größere Filialen auf dem Festland zu übernehmen. Aber beide waren so verbunden mit diesem Stückchen Erde, dass er jedes Mal abgelehnt hatte. Sie hatten ein gutes Auskommen und viele Freunde, auf die man sich wirklich verlassen konnte.

Auch bei diesem Urlaub, den sie jetzt in den Bergen planten, war es eine Selbstverständlichkeit, dass ihre Nachbarn die beiden Katzen versorgten und auch sonst nach dem Rechten sehen würden.

Ja, sie konnten sich schon glücklich schätzen und morgen früh sollte es losgehen. Um drei Uhr nachts wollten sie starten. Wenn alles gut ging und der Autoverkehr ihnen keinen Strich durch die Rechnung machte, dann könnten sie in der Nähe von Seefeld in Österreich ihr Appartement beziehen und sich genüsslich ihrem Punsch widmen.

„Denk' bitte daran, dass wir diesmal meine neuen Bergstiefel mitnehmen", unterbrach Klaus Matthießen ihre Gedanken.

„Und du vergiss nicht, heute pünktlich nach Hause zu kommen. Du weißt ja, wir müssen früh schlafen gehen", mahnte Irene ganz bewusst. Sie kannte ihn nur zu genau. Da kamen dann kurz vor 16.00 Uhr noch altbekannte Kunden und schon wurde ein kleiner Plausch gehalten, der nicht selten in der gemütlichen Gaststätte genau gegenüber der Bank fortgesetzt wurde.

Kundenbetreuung nannte ihr Mann das, wenn er gelegentlich leicht angeheitert nach der Tagesschau ziemlich kleinlaut bei ihr um Verzeihung bat.

„Na klar, Liebes! Das verspreche ich dir. Heute komme ich superpünktlich“, sprach's, nahm seinen Hut und Mantel, gab seiner Frau einen Kuss und machte sich auf den zehnminütigen Fußweg zu seiner geliebten Bank.

Dabei hatte er ein fröhliches Lied auf den Lippen. Er sah wirklich keinen Grund, warum er ausgerechnet heute sein Versprechen nicht einhalten sollte, wo es doch in den wohlverdienten Urlaub ging. Und doch sollte es anders kommen, ganz anders.

*

Gähnend reckte sich Karl in dem bequemen Bett. Mit der rechten Hand tastete er nach der Uhr auf dem Nachttisch. Ach du liebe Zeit, schon halb elf, stellte er erschrocken fest.

Wirklich höchste Eisenbahn, wenn du es noch schaffen willst, am Vormittag zur Bank zu gehen.

Das Geld rann einem auch nur so durch die Finger; und dazu noch das neue Kleid für Madam.

Ohne die Augenlider zu bewegen, fuhr er mit der linken Hand auf dem Bettlaken entlang, bis er den Oberschenkel seiner Frau spürte. Er war erst versucht, ihn zu streicheln. Doch irgendetwas hielt ihn heute davon ab. Der gestrige Abend kam ihm in Erinnerung. Er hatte wirklich sehr nett angefangen und seine Frau war besonders bemüht gewesen, ihm zu gefallen.

Das konnte er ja wohl auch erwarten, bei dem Preis für den „Fummel", grinste er vor sich hin.

Doch dann kam an dem Abend die große Wende.

Eine Frau, ach was Frau, ein rassiges Weib war schuld daran. Sie hatte mit einem männlichen Begleiter am Nebentisch Platz genommen. Zufällig war ihr Stuhl so günstig gestellt gewesen, dass sich ihre Blicke gleich darauf getroffen hatten - und hängen geblieben waren.

Mein Gott, war das ein Gefühl gewesen, durchzog es ihn auch heute Morgen noch.

Zuerst zögerlich, dann immer dreister werdend hatte er den Augenkontakt gesucht und Gefallen an diesem Spielchen gefunden, so dass sich seine Frau darüber beschwerte, sie nicht gebührend beachtet zu haben.

„Sind Sie noch länger hier?" hatte die attraktive Blonde ihn bei einer flüchtigen Begegnung an der Bar gefragt und dabei durchblicken lassen, dass sie sich den ganzen Winter auf dieser herrlichen Nordseeinsel erholen würde.

Er hätte beinahe die beiden Mixgetränke für

seine Frau und für sich fallen gelassen, so erschrocken war er über ihren 'Vorstoß' gewesen.

„Wie man's nimmt, eine Woche", hatte er stotternd geantwortet und dann war auch schon seine Frau bei ihm gewesen, um ihm die Gläser aus der Hand zu nehmen und ihn zum nächsten Tanz zu bitten. Damenwahl hatte es geheißen.

Ob sie etwas gemerkt hatte? Ich glaube nicht, beruhigte er sich, sie war wie immer gewesen. Ja, wie immer, das war es doch, was ihm nicht mehr gefiel. Alles war Gewohnheit geworden - auch das Liebesleben.

Sicher, er konnte sich nicht beschweren, sie war immer für ihn da, aber irgendwie war es immer das Gleiche.

Gedanklich hatte er schon einige Male mit dem Reiz einer neuen Begegnung gespielt, aber eben nur gedanklich. Und nun tat sich zum ersten Mal eine reale Chance auf. War es wirklich eine solche oder war es vielleicht nur eine so dahin geworfene Bemerkung? Aber nein, diese glutvollen Blicke waren doch so einladend, so viel versprechend gewesen.

„Karl! Bist Du wach?"

Seine Frau war es, die ihn so abrupt aus seinen schwelgenden Gedanken riss.

Diese Stimme - so schrill! Sie ging ihm im Augenblick so richtig auf die Nerven und sofort war er wieder bei der anderen mit ihrem so melodischen und sanften Gesäusel.

„Karl! So antworte doch! Ich weiß doch, dass du wach bist! Koch' bitte den Kaffee, aber nicht so stark, wenn ich bitten darf!"

„Schrei' doch nicht so!" gab er unwirsch zurück und schlug die Bettdecke zurück. Er hatte ohnehin keine Lust mehr, neben ihr im Bett zu liegen.

Sie treibt mich ja regelrecht in die Arme der Blonden, dachte er, schlüpfte in seine Pantoffeln und war gerade auf dem Weg ins Bad, als Herta ihm hinterher keifte:

„Ich schrei' ja gar nicht! Du brüllst doch!"

Das hörst du dir nicht mehr länger an, grollte er innerlich und knallte die Badezimmertür hinter sich recht unsanft ins Schloss.

Dabei hatte der Urlaub so gut angefangen. Er war Beamter und hatte es nicht verhindern können, vor vier Wochen befördert worden zu sein. Weißt du was, hatte er seiner Frau vorgeschlagen, wir fahren nach Wyk auf Föhr und machen mal ganz allein zwei Wochen Urlaub. Wir sollten einmal so richtig ausspannen. Die Kinder sind ja schließlich schon groß und können sich von den Omas verwöhnen lassen.

Begeistert hatte sie zugestimmt. Sie liebte diese Insel besonders. Zum einen bekam ihr das Klima recht gut und zum anderen hatte sie immerhin in jungen Jahren zwei Jahre als Erzieherin auf diesem Fleckchen Erde gearbeitet. So war es ihr nicht schwer gefallen, die Bedenken wegen der zurückbleibenden Kinder zu zerstreuen und diese Reise mit ihrem Mann festzumachen - eine Reise, an die beide noch lange denken sollten.

Eine halbe Stunde später beim Frühstück.

„Was hast du heute vor, Herta?“ erkundigte sich Karl scheinheilig und kaute dabei genüsslich sein Brötchen.

„Warum fragst du?“ gab Herta leicht gereizt zurück. Sie mochte diese Art Fragen nicht. Sie fühlte sich dabei immer so ausgehorcht.

„Du kannst auch nur mit Gegenfragen antworten!“ schoss er zurück.

Wie er das hasste und sofort waren seine Gedanken wieder bei der Blonden. Plötzlich stand sein Entschluss fest: Du wirst dich mit ihr treffen, gleich heute nach deinem Bankbesuch. Er musste sie nur ausfindig machen, aber das dürfte jetzt im Winter wohl kein Problem bedeuten.

„Darf man wissen, was du heute zu tun gedenkst?“ unterbrach seine Frau ihn in seinen Plänen.

„Ich - ich wollte eigentlich zur Bank und dann hatte ich die Absicht, mich - äh - ein wenig am Hafen herumzutreiben“, log er frech.

„Zum Mittagessen habe ich gar keine Meinung heute. Kommst du mit?“ meinte er noch beiläufig und lauerte auf ihre Antwort.

„Du mit deinem Hafen, bei dem Regen, nein danke. Ich werde wohl in meinem Buch weiterschmökern.“

Erleichtert lehnte er sich zurück. Der erste Schritt wäre also getan.

„Gut, mein Liebling! Mach' es dir bequem, hörst du", heuchelte er liebevoll, sprang von seinem Sitz hoch und rückte ihren Stuhl nach hinten, als sie aufstand.

„Übernimm dich nur nicht. Irgendwie bist du ja plötzlich so höflich. Stimmt irgendetwas nicht mit dir?" meinte sie ironisch, aber überhaupt nicht misstrauisch. Karl lächelte fast ein wenig verlegen. Er war aber zufrieden mit diesem Dialog, holte sich aus dem Appartement Mantel und Schirm und trat auf die regennasse Straße. Auch er konnte nicht ahnen, was in den nächsten Stunden plötzlich über dieser ruhigen und beschaulichen Insel Föhr hereinbrach.

*

„Elke, du musst aufstehen! Du weißt, Herr Matthießen sieht es nicht gern, wenn du zu spät kommst."

Mit einem leicht ärgerlichen Tonfall ermahnte Peter seine junge Frau.

Sie lag da im Bett auf dem Rücken und starrte gegen die Decke.

Eigentlich kann sie einem Leid tun, dachte er. Wahrscheinlich hatte sie wieder ihre depressive Phase. Er meinte das nicht abfällig, sondern eher etwas mitleidig. Er konnte ihr so wenig helfen.

Angefangen hatte es vor drei Jahren. Zuerst

war ihr immer übel geworden, einfach nur so, ohne ersichtlichen Grund. Die Ärzte hatten sie auf den Kopf gestellt, aber keinen organischen Befund erheben können.

Wahrscheinlich eine vegetative Dystonie, lautete die lapidare Diagnose. Sie sollte es einmal mit dem Autogenen Training versuchen, hieß der ärztliche Ratschlag. Damit kam sie nun gar nicht zurecht. Im Gegenteil, zu der Übelkeit kamen noch die Lustlosigkeit und so eine Art Lebensverdruss hinzu.

Es gab Tage, da war sie einfach nicht aus dem Bett zu bringen. Völlig apathisch lag sie da und tat einfach nichts. Zunächst war ihr Peter mit viel Liebe entgegengekommen. Aber das hatte sie auch nicht haben wollen und so kam es, dass er hin und wieder auch ein wenig unwirsch wurde und ihr gelegentlich vorhielt, sich nicht immer so anzustellen und sich gefälligst zusammenreißen sollte. Sie war daraufhin in Weinkrämpfe verfallen und hatte sich noch mehr zurückgezogen.

Schließlich waren sie bei einem Psychiater gelandet. Der hatte viel Geduld mit Elke. Mit Gesprächstherapie und medikamentöser Unterstützung war es ihm gelungen, ihr wieder ein bisschen Lebensmut einzuflößen. Aber ab und zu gab es eben einen solchen 'Einbruch' wie heute morgen.

„Elke, hörst du nicht, es wird höchste Zeit!" wiederholte Peter seine Mahnung, diesmal etwas schärfer.

In der Bank, in der sie als Kassiererin arbeitete, war man ihr sehr rücksichtsvoll begegnet. Immer, wenn es sie sehr schwer erwischt hatte, war der Filialleiter zur Stelle gewesen und hatte sich sehr einsichtig gezeigt. Manchmal hatte er sie auch nach Hause bringen lassen. Aber irgendwo gab es natürlich auch Grenzen. So hatte er ihr vor einiger Zeit doch geraten, eine längere Spezialkur anzutreten, um ihre völlige Arbeitskraft wiederzuerlangen. Daraufhin hatte sie drei Tage überhaupt nicht gearbeitet. So sehr war ihr diese Empfehlung ‚unter die Haut' gegangen. Erst nach einer Entschuldigung des Chefs und dem zarten Hinweis, dass er es ja nur gut gemeint hätte, war sie wieder zur Arbeit zu bewegen gewesen.

„Ich glaube, ich lasse mich krankschreiben; ich schaff' es sowieso nicht ohne ihn", klagte Elke, ohne Anstalten zu machen, das Bett zu verlassen.

„Er fährt einfach in den Urlaub und lässt mich mit dem ganzen Kram alleine", fuhr sie kraftlos fort.

Ach daher weht der Wind, verstand Peter. Dabei war doch alles abgesprochen. Schon seit Wochen hatte Elke von nichts anderem berichtet, dass der Chef jede Kleinigkeit mit ihr besprochen und auch dafür gesorgt hätte, dass von der Zentrale jemand zwei- oder dreimal in der Woche zur Unterstützung kommen sollte.

Immer und immer wieder hatte Klaus Matthießen nachgefragt, ob sie mit allem einverstanden sei und ob sie es auch schaffen werde. Und Elke war recht zuversichtlich; sie war sogar ein wenig stolz, dass der Chef ihr so viel Vertrauen entgegenbrachte und nun heute morgen dieser Rückfall.

Peter verspürte Ärger in sich hochkommen. Du musst dich jetzt zusammennehmen, gab er sich selbst den Rat, sonst ist alles vorbei und Elke müsste dann doch zukünftig mit einer anderen Tätigkeit auf dem Festland rechnen.

Klaus Matthießen hatte ihm gegenüber schon einmal so eine Andeutung gemacht. Das wäre wiederum nicht auszudenken, mit der Fahrerei und mit dem, was sonst noch daran hing.

Also, was tun, fragte er sich. Die größte Aussicht auf Erfolg sah er darin, in ihr die Verantwortung noch einmal groß zu machen, die der Chef ihr übertragen hatte.

„Du wirst die tragende Kraft in den nächsten vierzehn Tagen sein und das wird dir Auftrieb geben", versuchte er es.

Elke hob den Kopf.

„Meinst du wirklich?"

Mein Gott, es schien zu klappen, frohlockte Peter. Er biss sich auf die Lippen und suchte nach einer passenden Antwort.

„Du hast viel geleistet in eurer Bank."

„Du hast Recht Peter, Herr Matthießen soll sich freuen, wenn er aus dem Urlaub zurückkehrt."

Was dann kam, fühlte sich für Peter fast wie ein Wunder an, denn solch eine Reaktion hatte er schon lange nicht mehr erlebt. Beinahe schwungvoll kam seine Frau aus den Federn und ging ins Bad.

Er atmete erleichtert aus. Wer weiß, wie lange das anhält, kamen ihm jedoch gleich wieder Zweifel. Hoffentlich verlief der letzte Tag heute mit dem Chef harmonisch. Es durfte nichts Unvorhergesehenes dazwischenkommen, gingen seine Gedanken weiter. Er konnte nicht wissen, dass er mit seiner gut gemeinten Hilfestellung, seine Frau zur Arbeit zu bewegen, eine neue Schicksalsrunde für sie beide eingeläutet hatte.

❊

So ein Schmuddelwetter, schüttelte sich Karl Padow und hielt den Schirm krampfhaft gegen die Regenböen. Noch eine Querstraße, dann hast du es geschafft, machte er sich Mut. Den Blick auf das nasse Pflaster gerichtet, um so die Pfützen zu umgehen, bahnte er sich seinen Weg durch die schmale Gasse.

Wie viel Geld kann ich eigentlich abheben, ohne dass Herta darüber stolpert, rechnete er durch und war mit seinen Gedanken bei der Blonden.

Rums - der Schirm krachte gegen einen Laternenpfahl und Padow wäre beinahe ins Stolpern geraten, wenn ihm nicht ein entgegenkommender Herr rechtzeitig unter die Arme gegriffen und so vor einem Sturz bewahrt hätte.

Dankbar drehte er sich um und blieb ruckartig stehen. Das war doch die männliche Begleitung seines Schwarms. Blitzschnell drehte er sich nach allen Seiten um, konnte sie aber nirgendwo entdecken.

Seine Gedanken überschlugen sich. Er schaute auf die Uhr: Zwanzig vor zwölf. Er wusste, dass die Bank in zwanzig Minuten schließen würde. So hatte er noch ein paar Minuten Zeit, dem Mann zu folgen. Er würde ihn sicherlich zum Hotel seiner Neuentdeckung führen, so meinte er.

Padow wechselte die Straßenseite, um nicht gleich aufzufallen.

Der andere schien eine feste Adresse im Auge zu haben, denn er ging schnurstracks auf das Hotel 'Meeresrauschen' zu.

Sollte ich so ein Glück haben, frohlockte Padow und richtig, sein Helfer ging auf die andere Straßenseite, nahm die Eingangsstufen zum Hotel fast im Laufschritt und schon war er durch die offene Tür seinen Blicken entschwunden.

Karl wollte gerade nachsetzen, doch ein nochmaliger Blick auf seine Uhr hielt ihn zurück. Es war jetzt elf Uhr und fünfzig. Sei vernünftig, ermahnte er sich selbst. Du weißt jetzt, wo sie vermutlich gastiert und du brauchst unbedingt noch Geld.

Während der letzten Gedanken hatte er sich schon umgedreht und in einem leichten Dauerlauf den Rückzug angetreten. Mein Gott, schnaufte er nach einigen Metern, du bist auch nicht mehr der Jüngste. Ich glaube, du müsstest ein wenig mehr Sport treiben. Seine linke Seite fing an zu stechen, so dass er immer langsamer wurde und schließlich nur noch im Schritttempo vorankam.

Nach der letzten Biegung sah er in der Verlängerung der Promenadenallee die Inselbank. Zehn Meter vor dem Eingang schloss er den Schirm und schaute nochmals auf die Uhr. Es war genau fünf vor zwölf.

Geschafft, dachte er erleichtert. Fast gleichzeitig wollte offenbar ein Landstreicher die Bank betreten. Karl Padow machte ihm freiwillig Platz, weil dieser einen unangenehmen Geruch verbreitete. Durch seinen plötzlichen Halt wäre ihm beinahe eine alte Dame in die Hacken getreten. Er drehte sich zu ihr um, bat um Entschuldigung, zeigte auf den Penner und hielt sich die Nase zu. Die Frau verstand lächelnd und dann waren alle drei in der Bank verschwunden.

Eines hatte Padow nicht gesehen. Ein jüngerer Mann mit einem hochgeschlossenen Rollkragenpullover lief nervös vor der Bank auf und ab.

*

Matthießen verabschiedete einen sehr schwierigen Kunden, atmete einmal tief durch, wischte sich den Schweiß von der Stirn und schaute kurz zu Elke Mommsen hinüber.

War das heute ein verflixter Vormittag gewesen. Die Kunden hatten sich die Klinke in die Hand gegeben. Solch ein Andrang war nicht zu erwarten gewesen und das ausgerechnet heute. Nicht einmal die Zeit, mit seiner Kassiererin das Wichtigste zu besprechen, hatte er gefunden. Er dachte an sein Versprechen, zuckte mit den Schultern und seufzte.

„Na, Frau Mommsen, das war ja wie verhext heute. Zu dumm, wir werden heute doch noch Überstunden einlegen müssen. Ich werde schon mal meine Frau anrufen, dass sie sich seelisch darauf vorbereitet, was meinen Sie?“

„Aber Chef, Sie wollen doch in den Urlaub.“

Die Kassiererin wollte unbedingt ihr Zuspätkommen wieder gutmachen.

Er blieb zwar skeptisch, telefonierte aber nicht, sondern bat sie, Kaffee aufzusetzen. Behutsam fasste er an ihre Schulter.

„Sie werden es schon schaffen.“

„Möchten Sie mehr als zwei Tassen?“ drehte sich Elke Mommsen zu ihm um und ging dabei nicht auf ihn ein. Der Banker wollte gerade antworten, da ging die Tür auf und nacheinander betraten drei Kunden die Filiale, vorneweg ein Mann, zerlumpt und völlig durchnässt, gefolgt von einem Herrn, der gerade seinen Hut zog und die Regentropfen abschlug. Als letztes erkannte er Erna Jensen, eine langjährige Kundin, die ihren Schirm in den Ständer steckte.

Auch das noch, würgte er seinen Ärger runter.

Missgelaunt ging sein Blick zur Uhr. Es war genau fünf vor zwölf.

*

Polizeiobermeister Feller war dabei, eine Zeugenvernehmung abzuschließen. Es ging um einen läppischen Verkehrsunfall, bei dem sich die Parteien wie so oft wieder einmal nicht einigen konnten.

„Fällt Ihnen sonst noch irgendetwas ein?"

„Nein, ich glaube nicht", schüttelte der Zeuge den Kopf.

Gott sei Dank, dachte der Schutzmann. Diese Routinefälle sagten ihm nicht zu, ja sie langweilten ihn sogar. Er brauchte immer 'Action', wie er sich auszudrücken pflegte. Aber auf dieser grünen, herrlichen Urlaubsinsel war ja auch nichts los, immer das Gleiche: ein paar Verkehrsunfälle, einige Schlägereien mit Betrunkenen und das war es denn auch schon. Eigentlich war er ganz froh gewesen, nach hier ‚zwangsabgeordnet' worden zu sein. Ein Kollege war ernsthaft erkrankt und deshalb hatte er auch gleich zugestimmt. Aber wie gesagt, auf Dauer war das hier nicht sein Job.

„Hier haben Sie ein Komma falsch gesetzt", unterbrach ihn der Zeuge in seinen Gedanken und hielt ihm das Papier unter die Nase.

So ein Großkotz, ärgerte sich Feller im Stillen. Solche 'Kunden' liebte er ganz besonders. Ruppig riss er ihm das Schriftstück aus den Händen und korrigierte den Fehler. Nach seiner Unterschrift verließ der Zeuge grinsend das Dienstzimmer und konnte sich eine Bemerkung nicht verkneifen.

„Auch Polizisten lernen gelegentlich noch hinzu!“

Feller war mit einem Satz bei der Tür und wollte diesem arroganten Zeitgenossen etwas hinterher brüllen, da klingelte das Telefon.

„Polizeistation Wyk, Feller, ach du bist es, Schatz“, er setzte sich auf den Schreibtisch und war im nächsten Augenblick wieder versöhnt.

„Ja, mein Liebling, ich komme pünktlich, ich nehme die Fähre um fünfzehn Uhr fünfundvierzig und dann kannst du mich um halb sechs in deine Arme schließen“, flüsterte er zärtlich in die Sprechmuschel, betont leise, weil im Zimmer nebenan bei offener Tür sein Chef saß und vermutlich schon wieder große Ohren bekam.

„Na Kollege, das war wohl Ihre Frau, was?“

Der Chef, Polizeihauptmeister Witt, war in die Türfüllung getreten. Hab’ ich mir es doch gedacht, zürnte Feller innerlich, doch bevor er eine treffende Bemerkung loswerden konnte, überraschte ihn der Stationsleiter mit einem Vorschlag:

„Passen Sie auf, bei solch einem Sauwetter ist sowieso nichts los und außerdem kommt ja der Kollege Peters um fünf. Nehmen Sie doch die Zwei-Uhr-Fähre, dann haben Sie doch noch etwas vom Tag - und von Ihrer Frau“, fügte er nach einer kleinen Pause schmunzelnd hinzu.

„Da bin ich aber platt, Chef!“

Doch bevor dieser sich das anders überlegte, packte er eiligst seine Akten zusammen und schaute auf seine Armbanduhr: Es war genau zwölf. In diesem Moment rasselte im Büro des Chefs der Alarmkasten. Ganz ohne Hektik hörte er den Stationsleiter rufen:

„Das kommt von der Inselbank; wahrscheinlich wieder einer dieser blöden Fehlalarme, vermutlich von der ‘Putze’. Schauen Sie doch mal nach, Kollege Feller. Das dürfte dann wohl die letzte Amtshandlung für Sie heute gewesen sein.“

Dieser nickte, schnallte sein Koppel mit der Pistole um, holte sich den Schlüssel für den Dienstwagen und machte sich auf den Weg. Auch er dachte nur an einen Fehlalarm. Deshalb ließ er sich auch Zeit. Das passte eigentlich gar nicht zu ihm, denn er nahm sonst jeden Alarm ernst und das nicht nur, weil es die Dienstvorschrift verlangte.

Feller hatte nur noch wenige 100 Meter bis zur Bank und war mit seinen Gedanken bei seiner Frau. Ungeduldig stand er an der Ampel und wartete auf die Grünphase. Aber es dauerte und dauerte und ihm riss der Geduldsfaden. Er zog den Wagen nach links und rauschte auf die Kreuzung zu. Ganz automatisch ging seine Hand zum Schalter für Blaulicht und Martinshorn und damit nahm das Drama seinen Lauf.

*

„Ich sag's nicht noch mal! Das ist ein Überfall! Alle an die Wand! Das Geld hier hinein!"

Alle schauten wie erstarrt zur Tür. Dort stand ein Mann im dunkelblauen Rollkragenpullover, der bis über das Kinn hochgezogen war. Der Kopf steckte in einer Strumpfmaske; die Nase war platt gedrückt. Er trug Handschuhe und drohte mit einem Revolver. In der linken Hand hielt er eine Plastiktüte hoch und ging damit auf die Kassiererin zu.

Matthießen erkannte die Gefahr sofort. Elke Mommsen in ihrer Kassenbox schwankte. Sie war wachsbleich im Gesicht und drohte, ohnmächtig zu werden. Er musste also handeln. Vorher drükkte er allerdings noch unbemerkt auf den Knopf für den 'stillen' Alarm.

Doch er kam zu spät. Der Räuber machte zwei weitere Schritte auf die Kassiererin zu und brüllte sie an:

„Hier in die Tüte, aber dalli und keine Tricks!"

Jetzt galt es, einen klaren Kopf zu behalten. Elke Mommsen bereitete ihm große Sorgen; sie konnte sich selbst, aber auch die anderen in höchste Gefahr bringen.

„Geben Sie her, ich mach' das!" rief er mit fester Stimme und war mit ein paar Schritten bei der Kassenbox.

„Wieso, ist das Fräulein unpässlich? Na meinetwegen, aber schnell muss es gehen!"

Der Filialleiter fasste vorsichtig die Tüte. Er hatte es jetzt nicht besonders eilig, denn er wollte der Polizei einen Vorsprung verschaffen. Betont langsam schloss er die Tür zur Kassenbox auf und in diesem Augenblick sackte seine Kassiererin langsam in sich zusammen, streifte mit dem Kinn die Kante des Tresens und drohte nach hinten zu fallen. Blitzschnell sprang er zu und konnte gerade noch verhindern, dass sie mit dem Hinterkopf auf den Fliesenboden schlug.

Sein nächster Blick galt dem Täter.

„Einen Augenblick bitte, ich möchte die Frau nur kurz auf den Sessel ziehen“, bat er mit leiser Stimme. Doch der Räuber richtete seine Waffe gezielt auf den Filialleiter und brüllte:

„Fallen lassen! Sofort fallen lassen! Das Geld hinein, sonst knallt's!“

Matthießen erkannte den bitteren Ernst, ließ Elke sanft auf den Fußboden zurückgleiten, nahm die Tüte und zog die Geldschublade auf.

Die Kunden waren seit Beginn des Überfalls wie angewurzelt auf ihren Plätzen stehen geblieben. Niemand wagte jetzt, sich zu rühren oder doch?

Der Landstreicher meinte, eine günstige Chance zur Flucht erkannt zu haben. Vorsichtig setzte er seinen linken Fuß nach hinten und zog den rechten langsam nach. Schritt für Schritt kam er der Eingangstür näher. Er jubilierte innerlich. Von den anderen hatte nur Karl Padow das Manöver mitbekommen und überlegte gerade, ob er es auch noch schaffen würde, da hörte er die Rentnerin Erna Jensen lospoltern:

„Sie sollten sich schämen! Gehen Sie lieber einer ehrlichen Arbeit nach, Sie - Sie Verbrecher!"

Padow und Hans, aber auch der Filialleiter erstarrten. Alle blickten gebannt auf den Räuber.

Doch der schnauzte den Banker nur an: „Machen Sie weiter, Mann!"

Dann drehte er sich halb zur Rentnerin um und erkannte dabei sofort die Absicht des Landstreichers.

„He, du Stinkbolzen, was soll das denn werden? Zurück, marsch, marsch!!"

Unmissverständlich zielte er mit der Pistole auf den Landstreicher und dieser schlich wieder zurück an seinen alten Platz. Erna Jensen warf er noch einen wütenden Blick zu und auch Padow schüttelte missbilligend den Kopf. ‚Stinkbolzen' hatte dieser Mensch zu ihm gesagt. Der Landstreicher, der auf den Namen Hans hörte, kochte innerlich. Er hatte bisher noch keine Bank ausgeraubt, obwohl – so reizlos war die Sache eigentlich gar nicht. Nur hier auf Föhr, nein, das kam nun überhaupt nicht infrage. Schließlich hatten sein Kumpel Paul und er in der letzten Zeit hier eine feste Bleibe gefunden.

Am Stadtrand sollte die Straße verbreitert werden und Paul hatte einen Bauwagen ausgemacht, der nicht verschlossen gewesen war. Seit drei Wochen konnten sie jetzt schon ihre müden Glieder nachts auf den Sitzbänken in der warmen

Bude ausstrecken. Und wie es aussah, würde es noch einige Zeit weiter so weitergehen können.

Zumindest meinte das sein Partner und der musste es eigentlich wissen, denn er hatte ja schließlich im Straßenbau gearbeitet, bevor er arbeitslos wurde.

Gearbeitet! Wann habe ich denn das letzte Mal 'malocht', musste er innerlich grinsen. Das dürfte jetzt schon runde zwanzig Jahre her sein, dass ich zum letzten Mal einen Spaten in der Hand gehabt habe.

In einer Gärtnerei war er als ungelernte Kraft beschäftigt gewesen. Wie ein Stück Dreck hatten sie ihn behandelt. Selbst dem Hund seines Arbeitgebers war es besser ergangen als ihm, denn der wurde schließlich hin und wieder gestreichelt - aber er?

Und die Bezahlung! Ganze 450 Mark hatte er damals auf die Hand bekommen und das bei der Schufterei, manchmal bis zu zehn Stunden am Tag.

Nein - das hatte er nun wahrlich nicht nötig. Du steigst jetzt aus und lebst von der Fürsorge, die ist schließlich höher als dein jämmerlicher Lohn und dann wirst du erst einmal die Welt kennen lernen.

Bei dem letzten Gedanken verzog sich sein Gesicht zu einer Grimasse. Die Welt kennen lernen! In zwanzig Jahren war er von Krempe bei Itzehoe über Kiel, Schleswig, Heide, Husum und jetzt schließlich auf der Insel Föhr gelandet.

Hier gefiel es ihm am besten - auch wenn es Winter war. Trotzdem war es nicht so kalt wie auf dem Festland und noch etwas kam hinzu: Die Leute waren richtig nett zu ihm.

„Hans, besorg' uns doch ein paar Brötchen und 'ne Buddel Bier. Ich hab' noch zwei Euro und fünfzig Cent in der rechten Hosentasche.“ Das hatte Paul ihm noch nachgerufen, als er heute Morgen den Bauwagen verließ. Ja, der gute Paul. Ihm war es auch nicht besser ergangen. In Kiel hatte er ihn auf einer Parkbank getroffen. Dort hatte er ihm seine ganze Lebensgeschichte anvertraut. Dem war inzwischen alles egal. Persönliche Ziele hatte er überhaupt keine mehr. Die Hauptsache für seinen Partner war, dass er bei ihm war.

Er dagegen träumte immer noch vom großen Gewinn. Trotz der zwanzig Jahre des Herumzigeunerns hoffte er, dass es ihm eines Tages noch einmal blendend ergehen würde - ohne zu arbeiten, versteht sich. Er vertraute dabei ganz und gar auf sein Glück. Und so leistete er sich auch den einzigen Luxus, einmal in der Woche Lotto zu spielen.

Irgendwann musste es einfach klappen und dann, dann zeige ich es allen - ich der 'Große-Hans-im-Glück'.

„Ne, Paul, ich habe heute keine Lust und auch gar keine Zeit. Du weißt doch, es ist Freitag, da brauche ich meine Lottozahlen. Du solltest es auch einmal versuchen, anstatt dir den Wanst mit

Brötchen vollzuschlagen. Mach's gut", hatte er ihm kopfschüttelnd geantwortet.

„Du mit deinen albernen Zahlen. Wie viel Bier du dir dafür schon 'reinziehen' könntest. Wir sehen uns sicherlich später an der Promenade, wenn du deine dämlichen Lottozahlen gefunden hast", hatte Paul ihm spöttisch hinterher gerufen. Und obwohl die Situation mehr als ernst war, musste Hans jetzt schmunzeln. Ja, so war es wirklich. Jeden Freitag zog er morgens an den Strand und 'suchte' sich seine Lottozahlen. Entweder zählte er alle Schiffe auf dem Meer, die er auf den ersten Blick ausmachen konnte, oder aber eine Hausnummer musste dafür herhalten. Manchmal - am frühen Morgen - zählte er auch die Spaziergänger, die er zu Gesicht bekam. Und so war er auch heute Morgen losmarschiert.

„Du 'Klugscheißer', pass' mal auf. Heute lande ich bestimmt den Volltreffer!" hatte er bereits im Gehen und mit drohendem Arm dem in der Bauwagentür stehenden Paul zugerufen und der hatte noch gekontert: „Pass' nur auf, dass dich heute nicht die ‚Bullen' kassieren!"

Und nun? Nun war er zwar nicht von den Bullen geschnappt worden, dafür aber Zeuge eines Banküberfalls! So etwas hatte er noch nie erlebt! Unglaublich!

„Oh, das tut mir leid." Die Rentnerin holte ihn aus seinen Gedanken zurück. Ihr war jetzt wohl selbst bewusst geworden, was sie angerichtet hatte, denn sie hielt erschrocken die Hand vor den offenen Mund.

Der Räuber dreht sich gerade wieder zum Filialleiter um, da hörten sie es alle: das laute Martinshorn. Über die Gesichter der Kunden huschte Erleichterung, doch dem Filialleiter blieb fast das Herz stehen.

Auch der Gangster erkannte natürlich die für ihn brenzlige Situation sofort, langte mit der linken Hand durch die vordere Öffnung der gläsernen Kassenbox, bedrohte die Kunden mit der Waffe und schrie:

„Los! Her mit dem Geld!"

Matthießen zögerte für einige Sekunden, doch dann gab er nach.

Der Mann riss ihm die Tüte aus der Hand, dann raste er zur Tür und stieß sie auf.

Draußen quietschten Bremsen.

Der Ganove stoppte abrupt, machte einen Schritt zurück in die Bank und schlug die Tür von innen zu. Der Filialleiter hatte für den kurzen Moment den Polizeibeamten Feller erkannt und verdrehte die Augen. Der Gangster brüllte:

„Wo ist der Schlüssel für die Tür? Los! Schließen Sie schnell ab!"

Und Matthießen hörte noch ein leises: „So ein gottverdammter Mist."

Der Filialleiter hatte sich wieder einigermaßen im Griff und reagierte ruhig.

„Den hat die Kassiererin in der Tasche. Einen Augenblick, ich hole ihn sofort."

„Los! Mann! Beeilen Sie sich!“

Für einen Augenblick stutzte Klaus Matthießen. Da schwang so etwas wie Angst mit in seiner Stimme. Doch egal, er musste jetzt gehorchen. Er warf noch einen Blick zu den Kunden. Die drei standen verschüchtert in der äußersten Ecke. Die beiden Männer stützten die Rentnerin, über deren Wangen ein paar Tränen liefen. Bei Elke Mommsen angelangt, bückte er sich und zog aus ihrer Rocktasche den Schlüssel für die Eingangstür. Gerade wollte er wieder hochkommen, da bewegte sie sich. Sie riss ihre Augen weit auf und schrie hysterisch:

„Ist er weg?“

Matthießen bückte sich schnell, hielt den Zeigefinger vor seinen Mund und flüsterte ihr zu:

„Nein, er ist noch da, aber beruhigen Sie sich, es wird alles gut werden.“

„Was quatschen Sie denn da? Wo bleibt der Schlüssel?“

Die Stimme des Räubers überschlug sich fast.

Hoffentlich ging das gut, dachte er. Aber es ging nicht gut. Elke Mommsen sprang wie von der Tarantel gestochen auf, lief schreiend aus der Kassenbox, rannte auf den Räuber zu und warf sich vor ihm auf die Knie. Mit gefalteten Händen flehte sie:

„Bitte, bitte, lassen Sie mich raus! Lassen Sie mich raus!“

Dann sackte sie in sich zusammen und schluchzte laut.

Der Verbrecher drehte sich halb um. Er machte einen kurzen Schritt zurück. Matthießen erkannte seine Unschlüssigkeit.

„Schaffen Sie mir die Frau vom Hals! Aber schnell!"

Der Chef der Bank war zwischenzeitlich aus der Kassenbox herausgetreten. In seiner Hand hielt er den Schlüssel. Der Räuber nahm ihn an sich, ging rückwärts zur Tür, schloss blitzschnell ab und drehte sich sofort wieder um.

Matthießen hatte die Kassiererin unter beide Arme gefasst und wollte sie zurückziehen, doch sie schrie und zappelte.

„Ich will hier raus! Ich will hier raus!"

Von den Kunden hatte sich Karl Padow gelöst und war auf den Ganoven zugegangen.

„Darf ich der Frau helfen?" fragte er mit belegter Stimme.

„Meinetwegen, aber stellen Sie sie ruhig, sonst passiert hier etwas!"

Er wirkte einen Deut verbindlicher.

Die beiden Männer trugen die Frau in das Büro des Leiters. Ihr lautes Schreien war zu einem leisen Gewimmer geworden.

Der Geiselgangster drehte sich zu den beiden anderen Kunden um und zeigte mit der Pistole auf Hans.

„He, Sie! Ziehen Sie die Gardinen zu, aber ein bisschen plötzlich!"

Der Landstreicher beeilte sich, dem nachzukommen. Immerhin hatte er ihn gesiezt und nicht als Stinkbolzen tituliert. Doch er schimpfte mit sich selbst. Wäre er doch bloß nicht auf die blödsinnige Idee gekommen, diesen Dollarschein hier einzutauschen. Er hätte doch wie immer freitags seine Lottozahlen, die er auch heute mit einem festen Ritual zusammengetragen hatte, zur Lotto-Annahmestelle bringen sollen. Das war ja auch seine Absicht gewesen, bis, ja bis er ein Stück Papier auf den nassen Fußgängerweg fallen sah. Völlig durchnässt hatte er hochgeschaut und einige Meter vor ihm einen Mann gehen sehen, der den Mantel hinten hochgeschlagen und offensichtlich eine Geldbörse in die Gesäßtasche gesteckt hatte. Hans war aber nicht zu faul gewesen, sich nach dem Papierfetzen zu bücken, schließlich konnte man ja nie wissen. Sehr bald war ihm bewusst geworden, einen Geldschein in der Hand zu halten, zwar einen komischen, wie er meinte, aber dann war ihm klar, was er gefunden hatte, eine Zehn-Dollar-Note. Der Mann vor ihm war längst nicht mehr zu sehen. Gerade hatte er den Schein zusammengeknüllt und ihn wegwerfen wollen, da war ihm die glorreiche Idee gekommen, dass man ihn durchaus zu Geld machen konnte. Zwar hatte er überhaupt keine Ahnung, wie viel der Schein wert war, aber ein paar Euro würden schon dabei herausspringen. Und jetzt? Diese Idee war die blödsinnigste in seinem Leben gewesen und überhaupt nicht glorreich, wie er es sofort zu spüren bekam.

„Geht's auch ein bisschen schneller?" fauchte der Gangster ihm hinterher. Hans zog die letzte Gardine zu und wollte wieder auf seinen alten Platz zurückkehren.

„So und jetzt alle zurück in den Raum!" schrie der Räuber weiter. Dabei zeigte er auf das Büro des Filialleiters.

„Das haben Sie da draußen den Bullen zu verdanken. Sie bleiben jetzt alle hier. Wollen doch mal sehen, wer hier am längeren Hebel sitzt!"

Und zum Banker gewandt: „Schalten Sie sofort das Licht überall aus!"

Dem war es gerade gelungen, Elke ein wenig zu beruhigen. Sie lag jetzt still auf der Couch. Aber er hatte Angst um sie, wusste er doch zu genau, wie krank sie war. Vorsichtig ließ er ihren Kopf auf die Couchlehne zurückgleiten, kam aus der Hocke hoch, ging langsam die paar Schritte aus seinem Büro in den Bankraum und steuerte die Lichtschalterreihe rechts neben der Eingangstür an.

„Halt! Wohin, Mann?" schnauzte ihn der Täter an.

Er stand mitten in der Bank.

„Die Schalter, sie sind neben der Tür", erklärte Matthießen nüchtern.

Der Räuber blieb misstrauisch, nickte aber.

„Sofort wieder zurückkommen!"

Der Banker nickte. Für ihn war es gar keine Frage, hier zu bleiben. Er fühlte sich wie ein Kapitän auf einem Schiff. Nur als Letzter würde er von

Bord gehen. Nach dem Ausschalten der Leuchten wurde es richtig ‘schummrig’ in der Bank. Er warf einen kurzen Blick durch die nicht ganz verdeckte Fensterscheibe nach draußen und sah, wie Feller über Funk mit jemandem sprach und entdeckte auch einen zweiten Streifenwagen mit dem Polizeichef von Wyk. Diese Trottel, dachte er bei sich.

„Kommen Sie her, Mann!“ hörte er den Verbrecher hinter sich.

„Hier hinein!“

Er zeigte mit der Pistole in der Hand auf die Bürotür.

In diesem Moment kam die Rentnerin aufgeregt aus dem Raum herausgestürzt und flehte den Räuber an:

„Ich glaub’, die Frau da drinnen stirbt, bitte, lassen Sie sie doch frei. Sie haben doch noch uns!“

Dabei schaute sie den Geiselgangster mit ihren faltenreichen, treuen Augen an. Sie hatte keine Angst mehr. Ihr Mann machte ihr zwar auch Sorgen, doch im Augenblick ging es ihr wirklich nur um die Kassiererin.

Ja, ihr Mann, was hatte sie sich vor diesem Morgen gefürchtet, nicht, weil ihr etwa in einer Vision dieser Überfall gezeigt worden war. Nein, ihre Aufgabe heute Morgen war eine andere. Sie hatte ihren Mann davon überzeugen müssen, dass er ihr mit einem neuen Kleidungsstück einen lang gehegten Wunsch erfüllten konnte. Und dabei war der Morgen gar nicht so günstig für sie gewesen. „Erna, kannst du mir noch ein wenig Kaffee nachschenken?“ war der erste muffelnde Satz von Heinrich hinter seiner Zeitung gewesen. Und sie? Sie hatte auf der Zunge gehabt, dass er das doch selbst besorgen könne und dass sie schließlich nicht seine Dienerin sei, aber dann hatte sie sich noch rechtzeitig besonnen - und ihn bedient. Denn schließlich sollte er ja eine hübsche Stange Geld locker machen. Und so ein klein wenig hatte sie ein schlechtes Gewissen. 1500 Euro! Für eine Pelzmantel. Und Schuld hatte ihre Freundin, die vorgestern auf dem Festland gewesen war und nach ihrer Rückkehr begeistert von dem Kleidungsstück geschwärmt hatte, das man in Flensburg in der Holmpassage bewundern konnte. Ein Persianer, ganz solide, ohne viel Schnickschnack und ganz preiswert. Preiswert! Das war er nun wirklich nicht, jedenfalls nicht für sie als Rentnerehepaar. Deshalb war sie auch zögerlich, aber dann war die Verlockung, sich diesen Herzenswunsch zu erfüllen doch zu groß gewesen. Aber die entscheidende Frage war gewesen, wie sie es ihrem Heinrich beibringen sollte. Und dann war alles ganz einfach gewesen. Nach ihrem ersten stotternden und zaghaften Versuch, meinte er überfreundlich: „Aber natürlich, Ernachen, wenn du meinst, dass du einen Pelzmantel haben musst, dann kaufen wir ihn dir eben.“ Alles hatte sie erwartet, nur das nicht. Was sie nicht gewusst hatte, war die Tatsache, dass er bei dem eindringlichen Überredungsversuch der

Freundin beim Nachmittagskaffee unfreiwillig Zeuge geworden war. Durch die angelehnte Wohnzimmertür hatte er die heiße Debatte zwischen den beiden Frauen gehört und schon längst beschlossen, ihr dieses Geschenk zu machen. Und hinter der aufgeschlagenen Seite hatte sie auch nicht sein verschmitztes Lächeln gesehen. Sie jedenfalls hatte die Welt nicht mehr verstanden. Alle möglichen Einwände hatte sie erwartet, aber diese Antwort - nein, das begriff sie einfach nicht – bis jetzt nicht. Doch sie war viel zu nervös gewesen, um der Sache auf den Grund zu gehen, wie es sonst ihre Art war. Heute hatte sie dranbleiben müssen, denn schließlich brauchte sie ja Geld, viel Geld für ihre Verhältnisse. „Dann muss ich aber noch zur Bank, Heinrich. Wie viel soll ich denn abheben?“ hatte sie die Gunst der Stunde genutzt. „Aber Erna, das wirst du doch am besten wissen. Gib’ nur Acht, dass du keinem Bankräuber in die Hände fällst!“ hatte er ihr lächelnd entgegnet und ihr dabei liebevoll über die Wange gestreichelt. Erna biss sich auf die Lippen und Tränen traten in ihre Augen. Sie war davon überzeugt. Wenn ihr Heinrich auch nur im Ansatz so etwas geahnt hätte, dann wäre so ein Satz nie über seine Lippen gekommen.

„Hier kommt niemand heraus!“ zischte der Verbrecher warnend. „Die Bullen sollen ihr wahres Wunder erleben!“

Mit dieser Drohung holte er die Rentnerin in die unbarmherzige Wirklichkeit zurück.

Für einen Moment hatte der Mann vor ihr kurz gestutzt und für ein paar Sekunden schien es, als würde er nachgeben, doch dann straffte sich sein Körper und er scheuchte alle ins Büro zurück. Er trat in die Türfüllung und lehnte sich gegen die Türzarge.

*

„Eine Geiselnahme in Wyk auf Föhr, Chef!"

Hauptkommissar Martens von der Einsatzzentrale in Husum war aufgeregt in das Büro des Vorgesetzten gestürzt und hatte dabei sogar vergessen, anzuklopfen.

Der Erste Polizeihauptkommissar Koch saß hinter seinem Schreibtisch und hatte gerade die Zeitung zusammengefaltet. Er war gedanklich bereits im Wochenende. Missmutig schaute er auf die kleine Pendeluhr, die ihm seine Frau zum letzten Geburtstag geschenkt hatte: Es war zwölf Uhr vierzig.

„Na, nun beruhigen Sie sich erst einmal, so schlimm wird es wohl nicht sein", be-schwichtigte er den hereingeplatzten Mitarbeiter.

Die Haltung des Hauptkommissars versteifte sich.

„Die Meldung kam über Funk von Obermeister Feller. Ein Bankräuber soll danach in der Inselbank eine noch unbekannte Anzahl von Geiseln genommen haben. Er und der Stationsleiter hätten die Bank umstellt. Eile sei geboten!"

Den letzten Satz betonte er nachdrücklich, wusste er doch zu genau, dass Koch nicht sehr entscheidungsfreudig war.

Dieser schüttelte den Kopf:

„Wahrscheinlich haben die sich wieder einmal wie die Tölpel benommen", argwöhnte er und fluchte innerlich, dass seine beiden Chefs Urlaub hatten.

Er war doch nur der Vertreter des Vertreters.

„Es geht nicht anders, Boss, Sie müssen ran. Soll ich die Spezialeinheiten alarmieren?" drängte er.

„Ja, denn hilft es wohl nichts", seufzte Koch.

„Benachrichtigen Sie sofort die Spezialisten und sorgen Sie für einen Transport per Hubschrauber. Sie fliegen auch rüber und nehmen sich Kräfte mit für die Absperrung. Ich bleibe vorerst hier und werde den Einsatz von hier aus koordinieren und - noch etwas", er stockte kurz, „holen Sie den Oberkommissar Beckurt ran, der soll die Verhandlungen mit dem Täter aufnehmen."

Martens brannte es unter den Nägeln und war schon bei den letzten Worten verschwunden.

Koch schauderte es und in seiner Phantasie malte er sich alles in schrecklichsten Farben aus.

*

Fröhlich und beschwingt zog sich Oberkommissar Beckurt den Mantel an und schlug den Kragen hoch.

„So, tschüß, Kameraden, ein schönes Wochenende wünsche ich Euch."

Es war dreizehn Uhr und er hatte sich vom Chef frei geholt. Ein verlängertes Wochenende mit seiner Frau stand ins Haus.

Sein Job im Einbruchskommissariat in Flensburg bereitete ihm Spaß. Erst gestern war es ihm mit seinem Team gelungen, ein Einbrechernest auszuheben. Der Ermittler hatte also wirklich allen Grund, ausgelassen zu sein. Bereits einen Fuß in der Tür, hörte er das Telefonklingeln. Langsam drehte er sich um. Sein Kollege nahm ab und reichte ihm nach wenigen Sekunden den Hörer.

„Für dich Manfred, irgendetwas von Geiselnahme oder so!"

Beckurts Herz fing an, schneller zu schlagen. Das durfte doch nicht wahr sein. Sollte es wirklich einen Ernstfall geben? Im Nebenamt war er schließlich der Leiter der Ver-handlergruppe. Sie waren auf solche Lagen durch hartes Training vorbereitet.

Und nun sollte es tatsächlich losgehen?

„Beckurt", meldete er sich mit etwas zittriger Stimme und merkte förmlich seine Anspannung.

„Ja, Martens von der Polizeiinspektion Husum. Hallo Manfred, du hast es sicherlich schon gehört. Wir haben in Wyk in der Inselbank eine

Geiselnahme. Mehr weiß ich zurzeit auch noch nicht. Du sollst die Verhandlungen aufnehmen. Benachrichtigst du deine Kollegen, oder sollen wir das tun?“

„Das veranlasse ich!“ reagierte Beckurt knapp und legte auf.

Seine Gedanken überschlugen sich. Dann kamen seine präzisen Anweisungen an seine Kollegen.

„Ihr wisst, wen ihr noch rufen müsst und ach ja, sagt bitte meiner Frau Bescheid, Jungs! Ich danke Euch.“

Und weg war er. Auf dem Weg nach Husum ordnete er erst einmal seine Gedanken.

*

„Bertram, SEK Eutin“, meldete sich der Leiter etwas unwirsch am Telefon, weil er seine Zigaretten gesucht und bisher nicht gefunden hatte.

„Was, Geiselnahme!?“

Er sprang von seinem Stuhl hoch.

„Und das in Wyk? Ich werd’ verrückt. Da müssen wir ja mit dem Hubschrauber rüber. Okay, ich kümmere mich darum! Wir kommen so schnell wie möglich!“

Er knallte den Hörer auf die Gabel. Da waren sie ja, die verdammten Glimmstängel. In Gedanken ging er die notwendigen Schritte durch.

Bertram war von Haus aus ein cooler Typ, den so leicht nichts aus der Fassung bringen konnte.

Über seinen Geschäftszimmerbeamten ließ er die Truppen zusammentrommeln. Er rieb sich die Hände. Endlich ein ordentlicher Brocken. Ihm war es auch egal, dass das Wochenende wahrscheinlich 'im Eimer' war. Er war ledig und kannte nur den Dienst. Als Chef kämpfte er stets an vorderster Front. Am liebsten leitete er alle Einsätze selbst und warf sich mit Elan ins Getümmel.

Er schaute auf die Uhr. Schätzungsweise gegen halb drei könnten wir drüben sein, rechnete er durch und dann brauchte er nochmals eine gute Stunde für die Aufklärung, murmelte er vor sich hin. So gegen siebzehn Uhr könnte eigentlich schon wieder alles gelaufen sein, überlegte er kühn. Aber er hatte die Rechnung ohne den Täter gemacht.

*

Hauptkommissar Martens raufte sich die Haare. Nun hatte er bereits zum dritten Mal mit den Leuten vom Bundesgrenzschutz telefoniert, aber es dauerte eine Ewigkeit, bis sie sich startklar meldeten. Glücklicherweise hatte er vorsorglich Kräfte vom Polizeirevier Niebüll mit der Fähre auf die Insel geschickt. Ihm war klar, dass die spektakuläre Tat selbst zu dieser Jahreszeit Schaulustige auf den Plan rief. Außerdem gab es noch kein klares Bild über die tatsächliche Lage in der Bank, nicht einmal, ob es Verletzte gab. Fest stand bis jetzt nur, dass der Obermeister Feller kleinlaut zugegeben hatte, dieses Fiasko verursacht und einen Geiselnehmer mit einer Waffe in der Hand gesehen zu haben.

Wo nur der Beckurt blieb? Mertens schaute nervös auf die Uhr. Es war kurz nach zwei. Er stand auf und wanderte ungeduldig in seinem engen Büro auf und ab. Gerade wollte er wieder zur Uhr sehen, da klopfte es und herein trat Oberkommissar Beckurt.

Die beiden hatten gemeinsam die Schulbank gedrückt, um Kommissar zu werden und schätzten sich eigentlich beide sehr. Aber heute hatte Martens seinen schlechten Tag. Solch eine Lage hatte er bisher noch nicht zu lösen gehabt und er wusste auch, dass sein Chef vermutlich so manche Entscheidung auf ihn abwälzen würde. Nur unter dieser Anspannung war seine Begrüßung zu verstehen:

„Na weißt du, wenn man die Kripo schon einmal braucht...!“

Beckurt stutzte kurz, dann ging er lächelnd auf seinen Kollegen zu, reichte ihm die Hand und erwiderte betont freundlich:

„Guten Tag Klaus, ich bin jetzt hier und es wäre für uns alle gut, wenn du mich in die Lage einweist, mich zu deinem Chef bringst, damit wir dann auch recht zügig loslegen können.“

Solch eine Antwort hatte Martens nicht erwartet und er schämte sich fast ein wenig.

„Entschuldige bitte, Manfred, aber weißt du, diese Lage und dann noch Koch als Vertreter. Du kennst ihn doch. Ich freue mich jedenfalls, dass du jetzt hier bist. Komm, ich bring' dich rüber zum 'Alten', damit ich nicht alles zweimal erklären muss."

Er klopfte seinem Kollegen auf die Schulter und gemeinsam betraten sie Kochs Zimmer.

Nach wenigen Minuten war dieser mit seiner Einweisung fertig. Er wirkte fahrig.

„Haben Sie noch irgendwelche Fragen?"

Beckurt war nicht entgangen, dass er für den Vertreter vom Vertreter ein Rettungsanker war. Und das gefiel ihm gar nicht. Ein Konzept bei dem Polizeiführer hatte er überhaupt nicht erkannt.

„Ja, hab' ich", nickte er.

„Wo - „ er brach ab, weil in diesem Moment das Telefon läutete.

„Koch", meldete sich der Chef und seine Augenlider zuckten. Er rutschte unruhig auf seinem Sessel hin und her.

„Die Presse, du meine Güte, woher wissen Sie denn das schon wieder. Was ich dazu sagen kann? Überhaupt nichts, jedenfalls nicht zu diesem Zeitpunkt. Natürlich kenne ich meine Pflichten, aber - äh - ich habe jetzt keine Zeit. Auf Wiederhören."

Hilfesuchend schaute er seine beiden Mitarbeiter an.

„Das hat mir gerade noch gefehlt. Womöglich kommt auch noch das Fernsehen."

Er schlug die Hände über dem Kopf zusammen und man merkte es ihm an, dass er die Verantwortung am liebsten einem anderen aufgedrückt hätte.

„Darf ich fortfahren“, hakte Beckurt nach.

Koch schaute ihn irritiert an.

„Was? Ja, wissen Sie - äh - ich muss Ihnen ganz ehrlich sagen... wo waren wir stehen geblieben, ach ja, bei Ihren Verhandlungen. Ich bitte Sie: Nehmen Sie Verbindung auf!“

Es klang wie eine flehentliche Bitte.

Der Verhandler rückte automatisch ein wenig ab. Ihm war ja schon einiges über ihn zu Ohren gekommen, aber so viel Hilflosigkeit hatte er nicht erwartet. Aber egal, die Sache musste jetzt anlaufen.

„Ich möchte nur noch wissen, wo Sie sich aufhalten, hier oder in Wyk. Wir müssen engen Kontakt zueinander unterhalten. Ich schlage vor, dass alle Einsatzkräfte wegen der Insellage nach dort verlegt werden sollten. Oder was meinst du, Klaus?“

Beckurt hatte die letzten Sätze ziemlich bestimmt gesprochen und wollte mit Martens Unterstützung dem Polizeichef quasi die Entscheidung abnehmen.

Dieser nickte wortlos. Das veranlasste Koch, rasch zuzustimmen. Beckurt stand auf.

„Bevor wir allerdings abfahren, möchte ich mit der Bank Kontakt aufnehmen, wenn Sie einverstanden sind?!“

Der letzte Halbsatz war eigentlich nur eine Höflichkeitsfloskel.

Koch nahm den Hinweis dankbar entgegen und bejahte sofort.

Der Verhandler hatte schon die Hand auf der Türklinke, da klingelte erneut das Telefon.

„Koch!“

Der Vertreter bemühte sich um einen festen Ton. Nach kurzer Zeit nahm er den Hörer vom Ohr, deckte die Muschel ab und flüsterte:

„Das ist das SEK, die wollen ihren Auftrag wissen!“

Beckurt verdrehte kurz die Augen, drehte sich zu dem Kollegen Martens um und bemerkte ironisch:

„Das ist jetzt dein Part, mein Lieber!“ machte auf dem Absatz kehrt, verließ kopfschüttelnd das Zimmer.

*

Klaus Matthießen schaute den Geiselgangster fest an, soweit das bei seiner Maske überhaupt möglich war. Der Filialleiter sah sich in so einer Art Beschützerrolle.

„Kann ich Sie einmal allein sprechen?“

Erna Jensen und Karl Padow hatten auf der Couch Elke Mommsen in die Mitte genommen. Sie schien sich zwischenzeitlich von ihrem Weinkrampf erholt zu haben, saß ziemlich teilnahmslos da und stierte auf den Fußboden. Etwas abseits hockte der Landstreicher Hans schweigend auf seinem Sessel. Matthießen konnte ihn schwer einschätzen.

Der Mann rechts neben Erna Jensen, er hatte sich mit Karl Padow vorgestellt, schien für ihn am verlässlichsten zu sein.

„Was wollen Sie?“ unterbrach ihn der Räuber in seinen Gedanken.

Er stand am Fenster und hatte einen kurzen Blick durch die Gardine nach draußen geworfen. In seiner rechten Hand hielt er die Waffe, allerdings am herunterhängenden Arm und in der anderen Hand immer noch die Plastiktüte, in die Klaus Matthießen die Geldscheine hineingepackt hatte.

„Das möchte ich Ihnen gern allein sagen“, gab der Banker freundlich, aber bestimmt zurück.

„Sie können ruhig nach nebenan gehen, wir tun hier nichts.“

Erna Jensen war es wieder, die sich in ihrer ruhigen und naiv erscheinenden Art zu Wort meldete. Trotz der angespannten Atmosphäre konnte sich Matthießen ein leichtes Lächeln nicht verkneifen und er warf der Rentnerin einen anerkennenden Blick zu. So viel Ruhe und Ausgeglichenheit von dieser alten Dame - alle Achtung, das war schon eine Leistung, dachte er gerade, da hörte er zaghaft die Kassiererin:

„Bitte, ein Glas Wasser.“

Und wieder war es die Seniorin, die als erste reagierte.

Doch der Räuber machte einen schnellen Schritt nach vorn, so dass sie gleich wieder erschrocken nach hinten in die Polster sank.

„Hier steht niemand auf, verstanden!?“ bellte er und blickte unruhig von einem zum anderen. Dabei hatte er die Hand mit der Waffe wieder gehoben und richtete sie nacheinander auf alle im Raum.

Nur nicht durchdrehen, Junge, dachte der Banker. Die ganze Zeit hatte er feststellen wollen, ob es sich um eine echte Waffe handelte, aber er war zu wenig geschult, um sicher sein zu können.

„Wir tun ja alles, was Sie wollen. Nur bitte ich Sie nochmals, mit Ihnen allein sprechen zu dürfen und lassen Sie doch die Frau das Glas Wasser für meine Angestellte holen. Die Toilette ist gleich vorn rechts und das Oberlicht ist so klein und so hoch, dass ohnehin niemand hindurchpasst.“

Gespannt blickte er ihn an. Der Ganove schien nachzudenken.

„Na gut“, gab er gedehnt zurück. „Oma, dann holen Sie das Glas, aber lassen Sie die Tür von der Toilette offen. Ich will alles sehen, kapiert?“

Erna Jensen nickte kurz, stand auf und ging langsam auf die Tür des Büros zu. Unsicher blieb sie vor dem Bewacher stehen. Dieser stand zunächst bewegungslos, trat dann aber einen Schritt zur Seite, so dass für die Rentnerin der Weg frei war. Ohne Eile ging sie bis zur WC-Tür, öffnete sie ganz, ließ sie offen stehen und trat in den Raum. Niemand sprach ein Wort. Gleich darauf kam sie wieder heraus.

„Hier ist kein Glas."

Der Filialleiter sprang auf.

„Darf ich?" schaute er fragend den Gangster an. Dieser nickte und Matthießen holte ein Glas aus dem Sideboard. Erna Jensen nahm das Glas, füllte es im Vorraum der Toilette mit Wasser und - kam nicht wieder heraus. Es waren nur ihre Schritte zu hören und dann klappte eine Tür.

„Was machen Sie denn da? Sofort herauskommen, sag' ich!" schrie der Gangster. Doch es tat sich nichts.

„Lassen Sie mich..."

„Hier bleiben, verdammt noch einmal. Wenn sich einer bewegt, drücke ich ab! Ich meine es ernst!"

Urplötzlich war eine ganz explosive Lage entstanden.

Der Gangster ging rückwärts einen Schritt aus dem Büro hinaus und lauschte angestrengt. Es war totenstill. Niemand bewegte sich. Nur das schnaufende, schwere Atmen der Kassiererin war nicht zu überhören.

„Rauskommen, sofort rauskommen!!" brüllte er wieder. Nichts - keine Antwort.

„Soll ich...", versuchte Matthießen es aufs Neue.

„Sie bleiben hier. Niemand verlässt den Raum. Das haben Sie der Oma zu verdanken!"

Drohend richtete er sich zu seiner ganzen Größe auf.

In diesem Moment drang das Geräusch der Wasserspülung in der Toilette an ihre Ohren und kurz darauf klappte wieder eine Tür. Erna Jensen erschien sorglos und unbekümmert.

„Ich bitte um Entschuldigung, aber ich hatte ganz plötzlich ein dringendes menschliches Bedürfnis und... ich konnte nicht antworten, sonst hätte es nicht geklappt", fügte sie etwas verlegen hinzu.

Alle waren sprachlos, auch der Räuber.

Gierig trank Elke Mommsen das Glas Wasser leer und hauchte ein „Danke". Die alte Dame nahm wieder an ihrer Seite Platz.

„Oma, das machen Sie nicht noch einmal mit mir!" schien sich der Räuber wieder gefangen zu haben.

„Und nun zu Ihnen", wandte er sich dem Filialleiter zu, „spucken Sie aus, was Sie zu sagen haben. Es kann jeder hören."

Matthießen zögerte. Natürlich durfte er die Geduld des Täters nicht noch weiter strapazieren. Auf der anderen Seite war das, was er zu sagen hatte, nicht für die Ohren seiner Angestellten bestimmt.

„Also gut", begann er gerade vorsichtig, da klingelte das Telefon.

Alle im Raum zuckten zusammen und starrten gebannt auf den grünen Apparat. Drei-, viermal drang das schrille Läuten an ihre Ohren. Vorsichtig glitten ihre Blicke zu ihrem Bewacher. Was würde er tun? Man sah es ihm förmlich an, wie es unter seiner Maske arbeitete. Nach dem siebenten oder achten Läuten reagierte er endlich und deutete mit der Waffe auf den Filialleiter.

„Gehen Sie ran, aber ich passe genau auf, was Sie sagen!“

Klaus Matthießen kam von seiner Lehne hoch und war mit einem Schritt beim Telefon.

„Matthießen, Inselbank“, meldete er sich nüchtern. Nach einigen Sekunden drehte er sich zum Täter um.

„Es ist die Bildzeitung, wollen Sie...“, er hielt ihm fragend den Hörer hin.

„Nichts da, auflegen!“ wehrte der energisch ab.

Der Bankchef aber machte Anstalten, nochmals in die Muschel zu sprechen. In diesem Moment fiel ein Schuss. Alle in der Bank zuckten zusammen. Matthießen sah den Putz von der Decke rieseln. Spätestens jetzt war klar, dass der Täter eine echte, ‚scharfe' Waffe benutzte.

Mit einem Satz war der Gangster bei ihm, fetzte mit einer Armbewegung das Telefon vom Tisch, so dass es auf den harten Marmorfußboden aufschlug.

Der Filialleiter hatte den Hörer vor Schreck fallen lassen. Alle hielten den Atem an. Die Geiseln drückten sich soweit wie möglich in ihre Sitzpolster und starrten auf den Räuber, der sofort wieder in die Türfüllung zurückgetreten war. Er hob mit beiden Händen die Waffe und richtete sie abwechselnd auf ihre Köpfe.

„Das ist meine letzte Warnung! Es wird hier genau das gemacht, was ich sage! Sonst garantiere ich für nichts!“

Matthießen biss sich auf die Lippen. Das wäre beinahe schief gegangen und dabei hatte er dem Pressefritzen nur sagen wollen, dass der Täter ihn nicht sprechen wollte. Nervös schaute er auf die Uhr. Schon fünf nach halb drei und noch immer hatte die Polizei sich nicht gemeldet.

Sein zweiter Blick galt der Kassiererin. Sie wischte sich ein paar Tränen ab. Ihre Augen waren angsterfüllt auf den Täter gerichtet.

„Darf ich mal probieren, ob das Telefon noch funktioniert?“ meinte Matthießen, nur um etwas zu sagen. Der Räuber ließ die Hände mit der Waffe langsam nach unten sinken und schien zu überlegen, denn er sagte nichts.

Der Filialleiter blieb ganz ruhig. Er wusste natürlich, dass es kein Problem war, das Telefon gegen eines der beiden anderen Apparate im Kundenraum und in der Kassenbox auszutauschen. Für ihn war wichtig, dass irgendetwas geschah. Dieses Herumsitzen und sich Anstarren machte ihn nervös.

„Gibt es hier noch mehr Telefone?“ fragte der Räuber scharf zurück.

Matthießen wollte aufspringen. Doch er blieb wie angewurzelt sitzen, weil er die Waffe unmittelbar auf sich gerichtet sah.

„Sie geht!“ Der Gangster zeigte unmissverständlich auf die Kassiererin.

Noch bevor der Filialleiter sich einmischen konnte, war sie aufgesprungen und wollte loslaufen. Doch nach ein paar Schritten brach sie zusammen.

Matthießen ahnte, dass das nicht gut gehen konnte und handelte sofort. Ohne Rücksicht auf den Täter sprang er nach vorn und konnte durch sein beherztes Zupacken zum andern Male gerade noch verhindern, dass sie mit dem Kopf auf den harten Boden aufschlug. Er fasste Elke Mommsen unter die Arme und jetzt war es Hans, der Mut bewies. Er sprang hoch und gemeinsam trugen sie sie auf die Couch zurück. Auch Padow war aufgestanden. Er verspürte zwar keine direkte Angst, aber ihm war alles andere als wohl in seiner Haut. Zwischendurch hatte er zwar schon an seine Herta gedacht. Die Lust an seinem geplanten Abenteuer war ihm völlig vergangen. Auch er hatte zwischendurch schon immer einmal herausfinden wollen, ob der Gauner mit einer wirklich scharfen Waffe hantierte, aber auch er war sich da überhaupt nicht sicher gewesen. Nun allerdings war alles klar.

„Was ist denn mit der los?"

Der Geiselgangster war verärgert.

„Was soll denn mit der los sein; sie hat einfach Angst und möchte hier raus wie wir alle", erdreistete sich Padow zu antworten.

Der Mann drehte sich zu ihm um, sagte aber nichts. Damit hatte er nicht gerechnet. Der Filialleiter nutzte seine Chance und setzte gleich nach:

„Das ist es ja, was ich Ihnen die ganze Zeit schon vorschlagen wollte und jetzt ist es auch egal. Ich bitte Sie, so bitten wir Sie: Lassen Sie die Kassiererin frei!“

So, das war heraus. Gebannt schaute er den Räuber an. Er glaubte nicht, dass er auf sie schießen würde.

„Die Oma hier, die können Sie auch gleich mitgehen lassen. Sie haben ja noch uns drei Männer.“

Das war Hans. Matthießen schaute anerkennend zu ihm hinüber. Ein Mann mit Herz. Er stank zwar ganz gehörig und in diesem kleinen Raum war das besonders unangenehm, aber vielleicht war es in diesen Stunden sogar gut, ihn dabei zu haben. Er strahlte so eine Gelassenheit, ja Unbekümmertheit aus.

Jetzt war der Gauner am Zuge. Dieser schien sich in die Zange genommen zu fühlen, denn er kaute unter seiner Maske an der Unterlippe. Plötzlich richtete er sich auf und wurde ziemlich schroff:

„Ich hatte vorhin nach einem anderen Telefon gefragt. Ich möchte denen da draußen mal ein wenig Dampf machen. Los, bringen Sie mir eines her. Aber keine Tricks!“

Matthießen war gemeint. Er überlegte jetzt, ob er nicht wegen der beiden Frauen nachhaken sollte, entschied sich aber dann doch, es nicht zu tun. Er wollte nicht, dass die Lage unnötig eskalierte. Auch ihm lag daran, der Polizei ordentlich einzuheizen, allerdings erst nach dem Ende dieses Dramas. Es schien ja gerade so, als würden die sich überhaupt nicht um sie kümmern.

Er ging zur Tür und wartete höflich, dass der Gangster einen Schritt zur Seite ging. Doch der blieb in der Füllung stehen, setzte die Hand mit der Waffe direkt unter sein Kinn und zischte leise, aber unüberhörbar:

„Wenn Sie mich reinlegen, ist die Kleine hin!"

Dann erst machte er Platz. Matthießen stutzte kurz. Irgendwie kam ihm die Stimme bekannt vor. Aber er konnte sie niemandem zuordnen. Außerdem hatte er jetzt keine Zeit dafür. Er entschied sich für den Apparat ohne Mithörmöglichkeit in der Kassenbox. Der Ganove bekam dann nicht alles automatisch mit. Gerade hatte er ihn dort wieder angeschlossen, da läutete er auch schon.

Und wieder starrten alle auf den Geiselgangster. Er gab Klaus Matthießen ein Zeichen, abzunehmen. Dieser gehorchte sofort.

„Beckurt von der Polizei", hörte er eine Stimme auf der anderen Seite. Beckurt, diesen Namen hatte er noch nie gehört. Hätte er den Feller in der Leitung gehabt, so wäre der vermutlich erst einmal Opfer einer Schimpftirade geworden.

„Sie werden sicherlich schon sehnsüchtig auf eine Reaktion von uns gewartet haben und ich entschuldige mich für die lange Wartezeit. Ich hoffe, dass Sie alles bisher einigermaßen überstanden haben."

Donnerwetter, durchzog es den Bankchef. Mit allem hatte er gerechnet, nur nicht damit. Er war sprachlos.

„Ja, es geht. Wir haben nur ein Problem...“, doch weiter kam er nicht, denn der Verbrecher riss ihm den Hörer aus der Hand.

„Wer sind Sie?“ bellte er in den Hörer.

„Beckurt von der Polizei“, kam auf der anderen Seite die freundliche, aber feste Antwort.

„Hören Sie gut zu. Durch Sie sitze ich hier in der verdammten Klemme. Sie werden dafür sorgen, dass ich hier wieder herauskomme, ist das klar?! Als erstes sollen hier Ihre Kollegen vor der Bank verschwinden, die stören mich gewaltig!“

‘Rums’ knallte er den Hörer auf die Gabel. Er schaute den Filialleiter zornig an.

„Hier wird nicht ‘rumgesülzt’, verstanden!?“

Matthießen nickte einlenkend. Er war immer noch beeindruckt von dem Sprecher. Der Mensch schien Format zu haben. Vielleicht gelang es ihm ja, den Bankräuber zur Vernunft zu bringen. Er kam nicht mehr dazu weiter nachzudenken, denn das Telefon läutete schon wieder.

*

Was mag er nur damit gemeint haben, er hätte noch einiges gut zu machen? Die von Schmerzen geplagte und geschwächte Frau grübelte und grübelte. Sie saß jetzt im Sessel, einem ausgedienten Möbelstück, das noch von ihren Eltern stammte.

„Wenn alles gut geht, dann kaufe ich dir demnächst einen Sessel, den du mit Knopfdruck in jede von dir gewünschte Stellung bringen kannst", hatte er ihr heute morgen gesagt.

Er war zurückgekommen, mit ihren Lieblingsbrötchen, den Campingbrötchen, und dem „Inselboten". Dabei hatte er ihr liebevoll über ihre blassen und eingefallenen Wangen gestreichelt, ihr aus dem Bett, beim Waschen und Ankleiden geholfen und sie in den alten, zerschlissenen Sessel gesetzt.

„Aber Junge, mit welchem Geld willst du das denn bezahlen?" hatte sie zurückgefragt.

„Darüber mach' du dir mal keine Sorgen, Mami", war seine Antwort gewesen und dabei hatte er sie so vielsagend angelächelt. Und dann hatte er das getan, was sie immer so liebte, wenn ihr Sohn in der Wohnung war. Er hatte ihr aus der Tageszeitung einige Artikel vorgelesen. Sie konnte sich dann in ihrem Sessel zurücklehnen, die Augen schließen und genüsslich zuhören. Doch dann hatte er plötzlich auf die Uhr geschaut und sie mit einer Mitteilung überrascht:

„Ich glaube, ich geh' in einen Schützenverein, Mami!"

Sie hatte die Augen aufgerissen und war versucht, aus dem Sessel hochzukommen, doch der urplötzlich einsetzende Schmerz hatte sie wieder stöhnend zurückfallen lassen. Und bevor sie ihr Erstaunen darüber hatte ausdrücken können, war er ihr mit seiner Frage zuvorgekommen:

„Gibt es eigentlich noch den Armeerevolver von Opa?"

Das Fragezeichen auf dem vor Schmerzen ausgemergelten Gesicht der alten Frau war nicht zu übersehen.

*

Heinrich Jensen faltete in der Küche die Zeitung zusammen und schaute zur Uhr. Es war kurz nach eins. Er hatte schon überall angerufen, wo seine Frau sich 'festgeklönt' haben könnte, doch Erna war wie vom Erdboden verschwunden. Bisher hatte er sich nicht aus der Wohnung getraut, um sie ja nicht zu verpassen. Doch jetzt hielt ihn nichts mehr. Er holte seinen Wagen aus der Garage und fuhr langsam durch alle Straßen, von denen er wusste, dass Erna sie meistens benutzte.

Was war denn da los? Da standen ja zwei Streifenwagen vor der Inselbank. Sollte es einen Unfall gegeben haben? Er ließ seinen Wagen ausrollen und kam ein paar Meter vor dem Polizeiauto zu stehen.

Obermeister Feller kam auf ihn zu.

„Tag, Herr Jensen. Sie dürfen hier nicht weiter. Da hat ein Bankräuber Geiseln in seiner Gewalt", zeigte er auf die Bank.

Mein Gott, schoss es Heinrich durch den Kopf, sollte meine Erna noch da drinnen sein?

„Meine Frau, haben Sie sie gesehen?" stammelte er.

Der Beamte zuckte mit den Schultern.

„Wir wissen noch gar nichts Genaues, nicht einmal, wie viel Täter es sind. War Ihre Frau denn heute Vormittag zur Bank“, fragte er zurück und zog sein Notizbuch. Der Rentner war ganz durcheinander. Das war ja nicht auszudenken, seine Frau als Geisel mit irgendwelchen Gangstern!

Ich muss zu ihr, beschloss er und ging, ohne zu antworten, langsam an ihm vorbei auf die Inselbank zu. Dabei rief er laut:

„Erna! Erna, hörst Du mich?“

Sofort war Feller bei ihm und zog ihn sanft, aber bestimmt wieder zurück.

„So beruhigen Sie sich doch, Herr Jensen. Sie wissen doch noch gar nicht, ob Ihre Frau wirklich dort ist. Vielleicht hat sie unterwegs jemanden getroffen und ist jetzt schon längst zu Hause.“

Er legte tröstend seinen Arm um die Schultern des alten Mannes.

Diesem schnürte sich die Kehle zu. Er ahnte Schlimmes.

„Sie sollten wieder nach Hause fahren. Glauben Sie mir, Ihre Frau ist bestimmt schon dort“, hörte er den Schutzmann reden.

Aber er glaubte nicht daran.

„Herr Feller bitte, können Sie denn nicht in der Bank anrufen und irgendwie herausbekommen, ob meine Frau da ist? Ich halte das sonst nicht länger aus. Lieber gehe ich für sie hinein, verstehen Sie das?“

Dieser überlegte kurz.

„Ich mache Ihnen einen Vorschlag. Ich lasse bei Ihnen zu Hause anrufen und wenn Ihre Frau immer noch nicht dort ist, dann gehen wir beide zu meinem Chef und dann wollen wir mal weitersehen."

Heinrich nickte abwesend. Er starrte immer wieder zur Bank und hörte nur so nebenbei, wie der Polizist nach seiner Nummer fragte.

„Achtzehnneunundzwanzig", murmelte er und sein Mund war völlig ausgetrocknet. Er merkte, wie ihm übel wurde. Seine Frau in Händen von Verbrechern. „Ich muss zu ihr", flüsterte er und automatisch setzte er einen Fuß vor den anderen, zuerst langsam, dann immer schneller. Zum Schluss rannte er und hatte nur noch wenige Meter bis zum Eingang, da spürte er einen stechenden Schmerz in der linken Brustseite. Abrupt blieb er stehen und fasste sich an die Brust. Er konnte nicht mehr atmen. Plötzlich drehte sich alles vor seinen Augen und er sank in eine tiefe Bewusstlosigkeit.

*

Diesmal ging der Räuber selbst ans Telefon.

„Hier ist nochmals Beckurt von der Polizei. Sie wollten, dass die Kräfte vor der Bank zurückgezogen werden, aber ich hatte noch gar keine Gelegenheit, Ihnen meinen Wunsch vorzutragen. Wir wüssten gern, wer sich bei Ihnen aufhält, damit wir die Angehörigen verständigen können."

Der Täter sagte zunächst gar nichts. Ihn überraschte die verbindliche Art des Polizisten.

„Hallo, sind Sie noch in der Leitung?"

„Erst will ich, dass Ihre Leute vor der Bank abhauen. Ich melde mich wieder."

Er war leicht verunsichert, legte auf und rieb sich sein Kinn unter der Maske.

„Sie" und er zeigte auf Matthießen, „Sie schreiben die Namen der Leute auf, die hier sind und dann rufen Sie diesen Beckurt an, aber erst, wenn ich das sage, ist das klar?!"

Irgendwie klang seine Stimme nicht mehr ganz so hart, empfand der Banker und nickte. Das war es also gewesen, was die Polizei wissen wollte. Es wurde ja auch langsam Zeit, dass diese sich um die Opfer kümmerte, dachte er grimmig und notierte alle Anschriften, nur Hans verweigerte; er wollte keine Scherereien mit den Bullen.

Erna Jensen stand plötzlich auf und schaute den Räuber fest an.

„Die Oma hat eine Bitte", klang es fast scherzhaft, obwohl ihr gar nicht danach zumute war. Sie machte sich jetzt doch große Sorgen um ihren Mann. Bestimmt hatte er schon erfahren, was hier los ist. Sie kannte ihren Heinrich. Er würde Himmel und Hölle in Bewegung setzen, um sie hier herauszuholen. Und sie wusste auch, dass es mit seiner Gesundheit nicht zum Besten bestellt war.

„Was ist los, Oma?“ brummte der Räuber, aber gar nicht mehr so unfreundlich wie sonst, stellte sie erleichtert fest und schöpfte Hoffnung.

„Mein Mann, wissen Sie, der ist ziemlich krank und sorgt sich bestimmt um mich. Darf ich nicht einmal mit ihm telefonieren?“

Bittend sah sie ihn an. Nun schau dir mal die couragierte Frau an, dachte Klaus Matthießen bewundernd.

Siedendheiß fiel ihm plötzlich seine Frau ein. Ach du meine Güte, die weiß ja auch noch nichts und der Mann von seiner Kassiererin musste doch ebenso schonend darauf vorbereitet werden. Neugierig blickte er auf den Gangster. Wie würde er sich entscheiden?

„Na gut, Oma, aber nur ganz kurz“, genehmigte er und seine Stimme hatte sogar etwas Menschliches.

Frau Jensen war glücklich. Sie wollte gerade zum Hörer greifen, da wurde die Kassiererin wieder aktiv. Sie bat mit zittriger Stimme:

„Bitte, bitte, lieber Herr, lassen Sie mich doch heraus. Ich werde der Polizei auch nichts erzählen. Ich halte das hier nicht länger aus.“

Sie war bei den letzten Worten von der Couch auf die Erde gerutscht, hatte sich davor hingekniet und die gefalteten Hände emporgehoben. Ein Bild des Jammers. Das sollte eigentlich auch den herzlosesten Mann erweichen, dachte der Banker. Die einzige, die sich in diesem Moment ein wenig ärgerte, war die Oma. Sie sah ihre

Chance in Gefahr, mit ihrem Mann sprechen zu können. Sie wusste nicht so recht, was sie tun sollte und stand unschlüssig vor dem Telefon.

„Sie dürfen doch telefonieren“, ermunterte Klaus Matthießen sie. Elke Mommsen kniete noch immer vor der Couch und schaute ihren Peiniger flehend an. Während die Rentnerin mit zittriger Hand die Nummer ihrer Wohnung anwählte, sich dabei verwählte und es erneut versuchte, ging der Banker, ohne auf den Täter zu achten, auf Elke zu, half ihr auf und begleitete sie wieder zur Couch.

„Brauchen Sie Tabletten oder Ihre Tropfen?“ fragte er behutsam und sie nickte. Er wusste, dass beides in der Kassenbox lag. Und ihm war klar, dass sie es bis dahin gar nicht schaffen würde, also war er wieder an der Reihe.

Erna Jensen hielt währenddessen den Hörer an ihr Ohr gepresst und wartete darauf, dass ihr Mann abnahm. Doch es tat sich nichts. Nun melde dich doch, mein lieber Heinrich, betete sie im Stillen. Hoffentlich war ihm nichts passiert. Sicherlich würde er bei der Polizei sein und dort alle Hebel in Bewegung setzen. Enttäuscht legte sie auf. Sie musste unbedingt mit der Polizei sprechen. Sie gab sich einen Ruck, drehte sich zum Räuber um, der an der Türfüllung gelehnt stand und die Waffe schlaff am herabhängenden Arm hielt. Sie nahm allen Mut zusammen:

„Die Oma hat noch einen zweiten Wunsch.

Mein Mann ist sicherlich bei der Polizei. Darf ich mal mit denen sprechen?“

So, das war heraus. Gespannt wartete sie auf seine Antwort

„Später Oma, später.“

Der harte und endgültige Tonfall ließ sie zurückweichen.

„Es wird schon klappen“, tröstete Klaus Matthießen sie und dann drehte er sich abrupt zum Geiselgangster um.

„Darf ich Frau Mommsen die Tabletten und die Tropfen holen, die liegen in ihrem Schreibtisch in der Kassenbox?“

Der nickte nur. Er schien mit sich selbst beschäftigt und hatte gar keinen Blick für ihn, auch nicht, als er mit den Medikamenten wieder zurückkam. Er stand scheinbar teilnahmslos im Türrahmen und schaute ins Leere, doch als der Filialleiter die Tropfen gerade ins Glas geträufelt hatte, hörten ihn alle.

„Was sind das für Medikamente?“

Alle im Raum schauten ihn verwundert an.

*

„NDR I - Welle Nord - 15.00 Uhr. Nachrichten. Husum: Seit ca. drei Stunden hält vermutlich ein Räuber auf der Nordseeinsel Föhr in Wyk in einer Bank mehrere Geiseln in seiner Gewalt. Forderungen sind noch nicht bekannt. Die Polizei hat das Gebäude weiträumig abgesperrt...“

Irene Matthießen ließ vor Schreck beinahe das Bügeleisen fallen. Sie war gerade dabei, die letzten Reisevorbereitungen zu treffen.

Ihre erste Überlegung war, ihren Mann in der Bank anzurufen. Doch kurz davor stoppte sie und hatte plötzlich Zweifel. Sie überlegte fieberhaft, was sie sagen sollte, wenn sich nicht ihr Mann, sondern vielleicht dieser Verbrecher meldete. Sie schauderte und Angst überkam sie. Sie merkte, wie ihr die Luft knapp wurde und die Knie zu zittern begannen. Sie konnte keinen klaren Gedanken fassen. Es klingelte an der Haustür. Sie zuckte zusammen.

„Ich komme", flüsterte sie matt, schleppte sich zur Tür und öffnete. Sie erkannte einen Polizisten in Uniform. Irene spürte, wie ihr die Knie versagten und ihr schwindelig wurde. Nur schwach hörte sie, wie der Polizist sagte:

„Guten Tag, mein Name ist Feller, Frau Matthießen?" Und dann war plötzlich Nacht um sie.

Der Schutzmann reagierte blitzschnell. Er fing die Frau des Filialleiters auf, schleppte sie ins Wohnzimmer und legte sie auf die Couch. In der Küche fand er ein Glas, füllte es mit Wasser und flößte ihr ein wenig von dem Nass ein. Irene Matthießen begann, leise zu stöhnen. Er merkte, wie sie anfing, am ganzen Körper zu zittern.

Feller kam sich hilflos vor. Von 'Erster Hilfe' verstand er nicht viel. Es sah nach einem epileptischen Anfall aus, aber er war sich nicht sicher.

Vorsichtig hielt er ihre Hände fest und redete

beruhigend auf sie ein. Ganz allmählich merkte er, wie ihre krampfartigen Zuckungen nachließen.

Er schämte sich, denn er wusste nur zu genau, dass er wahrscheinlich für dieses Spektakel verantwortlich war. Wie ein Tölpel hatte er sich benommen.

Der Chef hatte schon ein Nachspiel angekündigt.

Kollegial hatte sich nur dieser Beckurt von der Kripo Flensburg verhalten. Kein Vorwurf, kein geringschätziger Blick. Deshalb war er jetzt auch hier. Er wollte bis zum bitteren Ende mitmachen.

Langsam lockerte er seinen Griff. Die Krampfzustände hatten nachgelassen. Irene Matthießen bewegte ihre Lippen. Immer noch stark zitternd nahm sie schluckweise das Wasser, das er ihr reichte.

Fellers Gedanken gingen wieder spazieren. Da war noch der Rentner Jensen, der aus Angst um seine Frau beinahe die Bank gestürmt hätte, wenn er nicht wenige Meter davor zusammengebrochen wäre. Einen akuten Herzanfall hatte der Notarzt diagnostiziert, der ohnehin vor Ort war. Der ließ eine Infusion legen und ihn mit Blaulicht und Martinshorn ins Krankenhaus bringen.

Plötzlich schlug die Bankersfrau die Augen auf.

„Oh mein Gott, was ist mit meinem Mann?" stieß sie hervor und fuhr sich mit ihrer Zunge über die ausgetrockneten Lippen.

„Hier, möchten Sie noch einmal?“

Feller hielt ihr vorsichtig das Glas Wasser hin. Dankbar ergriff sie es und trank in kleinen Schlucken.

„Sagen Sie doch etwas!“ flehte sie ihn an.

Feller überlegte, wie er es anfangen sollte. Wusste sie schon etwas? Auch er hatte die Nachrichten unterwegs gehört. Er stellte sich darauf ein und begann zaghaft:

„Nun, Frau Matthießen, - äh - Ihr Mann, der ist in der Bank...“

„Ja, das weiß ich“, unterbrach sie ihn ungeduldig, „so sagen Sie doch endlich, was los ist!“

„Also gut, ein Bankräuber ist auch noch dort und der - äh - hat Ihren Mann und wahrscheinlich auch Kunden in seiner Gewalt.“

„Hab’ ich es doch geahnt“, flüsterte sie.

„Und was tut die Polizei?“

Hoffnung und Zweifel schwangen zugleich mit. Feller kam sich jämmerlich vor. Ja, was machte die Polizei. Was sollte er ihr sagen? Haben Sie nur Vertrauen, es wird schon alles gut werden? Lächerlich! Er schwieg und drückte nur ihre Hände.

„Wir wollten heute Nacht in den Urlaub fahren. Es sollten ganz besonders schöne Ferien werden, weil wir unseren Hochzeitstag ganz groß in den Bergen feiern wollten.“

„Und jetzt denken Sie, dass das alles nicht mehr geht?“

Sie nickte.

„Wer weiß, wie er das Ganze körperlich und vor allem seelisch übersteht..."

Plötzlich stutzte sie und kam mit dem Oberkörper hoch.

„Die Kassiererin, die Elke Mommsen, oh mein Gott!"

Feller war verwundert. Natürlich, das war sein nächster Auftrag. Aber warum war Frau Matthießen so aufgebracht?

„Die Arme, die ist doch hochgradig depressiv. Ich mag gar nicht daran denken, wie sehr sie wohl darunter zu leiden hat!"

Eine fürsorgliche Frau, dachte Feller anerkennend.

„Ich werde das dem Chef mitteilen", versprach er Irene Matthießen.

„Brauchen Sie noch irgendwelche Hilfe?"

Es drängte ihn.

„Was soll ich tun?" fragte sie ratlos.

„Haben Sie Verwandte oder Bekannte im Ort?"

Sie überlegte.

„Ich glaube, ich werde zu unseren Freunden gehen. Ich darf Sie doch anrufen und Sie sagen mir bitte auch sofort Bescheid, wenn sich etwas Entscheidendes tut?"

Feller nickte aufatmend. Sie machte es ihm leicht. Er reichte ihr die Hand.

„Noch eine Bitte", er schaute ihr dabei in die Augen, „rufen Sie nicht in der Bank an."

Sie erhob sich vollends und nickte. An der Tür drehte sich Feller nochmals um.

„Es wird alles gut werden."

Ohne eine Reaktion abzuwarten, ging er auf den vor dem Haus geparkten Streifenwagen zu. Das Funkgerät war eingeschaltet und er hörte seinen Rufnamen.

*

„So, haben wir noch etwas vergessen?"

Manfred Beckurt legte die Stirn in Falten und schaute in die Runde. Sie waren jetzt komplett. In diesem Moment stürmte Martens ins Zimmer.

„Der Hubschrauber ist da! Wir verlegen nach Wyk!"

Eine halbe Stunde später drängelten sie sich alle in den beengten Räumlichkeiten der Polizeistation, aber egal, zumindest waren jetzt die Kommunikationswege kurz. Beckurt schaute aus dem Fenster und für einen Moment gingen seine Gedanken spazieren. Die Kollegen hier hatten es gut. Die Station lag direkt am Hafen und wenn er sich vorstellte, hier im Sommer Dienst...

„Hast du dem Täter eigentlich gesagt, wie du zu erreichen bist?" holte ihn einer aus der Runde abrupt in die Gegenwart zurück.

„Oh, verdammt, das hab' ich ganz vergessen", biss sich Beckurt ärgerlich auf die Unterlippe. Einen Augenblick dachte er daran, zum Hörer zu greifen und in der Bank anzurufen, doch dann überlegte er es sich anders. Es war noch zu früh. Er wollte dem Täter noch ein wenig Zeit lassen.

Sie konnten nach der letzten Einschätzung davon ausgehen, dass niemand ernsthaft verletzt war und dass sie es mit nur einem Ganoven zu tun hatten.

„Helft bitte daran zu denken, dass ich ihm beim nächsten Gespräch meine Durchwahl nenne“, bat der Verhandler seine Freunde.

„Ich fand das übrigens ganz toll von Dir, wie du den Feller aufgebaut hast“, warf ein anderer Kollege ein.

„Er ist ja gerade dabei, die Scharte wieder auszuwetzen. Ihr habt ja von der depressiven Kassiererin gehört, ein wichtiger Hinweis übrigens für uns.“

Er schaute auf die Uhr.

„So, zehn Minuten gebe ich denen noch. In der Zwischenzeit will ich mal hören, was uns der ‘Alte’ über die Aufklärungsarbeit des SEK sagen kann.“

Polizeihauptkommissar Bertram schüttelte den Kopf. Selbst sein dritter Anlauf, vom Einsatzleiter einen klaren Auftrag zu erhalten, war gescheitert. Selbstverständlichkeiten interessierten ihn nicht. Eindeutige Konzeption war gefragt und natürlich die Linie des ‘Großen Meisters’. Und die erkannte er nun wahrlich nicht. Es schien allerdings, als gäbe er den Verhandlungen den Vorzug. Bertrams Gesicht verzog sich zu einer Grimasse. Von der ‘Sabbeltruppe’ hielt er überhaupt nicht viel. Verhandeln ja, aber nur um dem Täter klarzumachen, dass er die Chance hatte, aufzugeben oder aber herausgeholt zu werden; unter Abwägung des Risikos natürlich.

Hinzu kam für Bertram noch, dass er diesen Beckurt persönlich nicht ausstehen konnte. Er wusste eigentlich gar nicht so recht warum, aber irgendwie war ihm dieser freundlich, aber bestimmt auftretende Oberkommissar zu glatt, zu unangreifbar.

Das Telefon klingelte.

„Bertram."

„Martens hier. Der Chef bittet zu einer Gesprächsrunde. Beckurt hatte den Wunsch."

Schon wieder der Beckurt. Der schien den Alten ja regelrecht einzuwickeln.

Schwerfällig wie ein tapsiger Bär stieg er die Treppe nach unten. Die Holzstufen knarrten unter seinem Gewicht.

„Nun ja, meine Herren", begann Koch unsicher, „die außergewöhnliche Lage zwingt uns zu außergewöhnlichen Maßnahmen."

Pause. Bertram verdrehte die Augen. Er hasste diese nichts sagenden Sprüche. Zu seiner Genugtuung stellte er fest, dass sie sich wenigstens in diesem Punkt alle einig waren.

„Ich habe nur noch wenige Minuten Zeit, dann muss ich mit der Bank Verbindung aufnehmen. Ich wollte eigentlich nur wissen, was die Aufklärung bisher gebracht hat", warf Beckurt wie immer freundlich, aber eben sehr selbstsicher ein.

Dieser Wichtigtuer, dachte Bertram. Laut antwortete er:

„Bisher sehr wenig. Ich kann nicht mal sagen, wie viel Menschen in der Bank sind und geschweige denn, wo sie sich aufhalten."

„Da kann ich Ihnen vielleicht in Kürze etwas Genaueres mitteilen, wenn der Täter auf das eingeht, was ich von ihm gewünscht habe. Haben Sie" und er drehte sich zum Chef um, „haben Sie veranlasst, dass sich die Kräfte aus dem Sichtfeld zurückziehen?"

Koch blickte hilfesuchend zu Martens. Dieser nickte.

Wer ist hier eigentlich der Boss, ärgerte sich Bertram schon wieder und er glaubte zu träumen, als er auch schon eine Antwort erhielt, natürlich von Beckurt:

„Sie sind natürlich hier der Chef, aber wenn Sie weiter nichts haben, würde ich gern zu meinen Leuten gehen", stand auf und ging, als Koch nur nickte.

Bertram folgte ihm und zurück blieben ein völlig frustrierter Martens und ein sich ziemlich einsam fühlender Polizeichef.

*

Was sollten denn die Fragen nach den Medikamenten? Der Filialleiter war irritiert und auch die anderen machten große Augen. Nur Elke Mommsen schaute angsterfüllt auf den Täter. Die Tabletten waren ihr letzter Rettungsanker. Immer, wenn es ihr besonders mies ging, brauchte sie ein Extraquantum. Der Gangster studierte den Beipackzettel und das mit Handschuhen und der Waffe in der Hand.

Matthießen staunte nicht schlecht, sagte aber nichts. In der Runde herrschte Totenstille; selbst das leise Ticken der Uhr über der Eingangstür war deutlich hörbar.

„In Ordnung."

Das war sein einziger Kommentar. Er reichte alles zurück und ging rückwärts zur Bürotür.

Elke Mommsen schluckte die Medizin und lehnte sich dann erschöpft zurück. Ihr war alles egal, sie wollte nur raus. Sie dachte an Peter. Ob er es schon wusste? Sie blickte zur Uhr: Kurz nach halb vier. Noch arbeitete er und hatte wahrscheinlich darüber nichts erfahren oder doch? Die Polizei wusste immerhin, dass sie hier beschäftigt war. Sie glaubte, sterben zu müssen und kämpfte mit der Übelkeit. Plötzlich wurde die Angst so groß, dass sie aufsprang, um alles von sich abzuschütteln.

Ohne die Hand mit der Waffe zu heben, sprach sie der Täter an:

„Gehen Sie meinetwegen hinter der Couch auf und ab."

Dankbar nickte Elke.

Die Verwunderung bei Klaus Matthießen wurde immer größer. Was hatte das nur zu bedeuten? Er hatte der Kassiererin quasi einen medizinischen Rat erteilt. Er erkannte seine Chance für ihre Freilassung.

„Bitte, darf ich Sie nochmals wegen..."

„Sie dürfen jetzt telefonieren", unterbrach ihn der Räuber und seine Stimme hatte wieder an Schärfe zugenommen.

„Geben Sie die Namen durch und meinetwegen noch die Anschrift, aber mehr nicht, ist das klar!?"

Schade, dachte Matthießen schweigend und wählte die Nummer der Polizei.

„Beckurt", hörte er nach kurzer Pause und erkannte die Stimme vom ersten Telefonat wieder.

„Ja, Matthießen hier, ich möchte Ihnen die Namen von uns durchgeben."

„Kann der Täter hören, was ich sage?"

„Nein", Matthießen war froh, den Apparat ohne Mithöreinrichtung gewählt zu haben.

„Kann er mithören, was Sie sagen?"

„Ja."

„Dann beantworten Sie alle Fragen, die ich Ihnen jetzt stellen werde, mit ja oder nein, okay?!"

Matthießen schaute den Räuber so harmlos wie nur möglich an und sagte wieder: „Ja."

„Ein Täter?" hörte er Beckurt als erstes fragen. Doch er kam nicht mehr dazu zu antworten, der Täter sprang blitzschnell auf ihn zu und riss ihm den Hörer aus der Hand.

„Sagen Sie mal, für wie dumm halten Sie mich eigentlich? Das ist meine letzte Warnung!" zischte er boshaft unter der Maske.

„Sie wollen doch die ganze Zeit, dass die beiden Frauen hier herauskommen, aber so schaffen Sie es nie!"

Elke Mommsen, die völlig erstarrt in der Ecke stand und ein starkes Brennen in der Brust verspürte, konnte nicht mehr an sich halten.

„Warum halten Sie sich nicht an das, was der - äh - Herr von uns fordert, Herr Matthießen? Denken Sie doch an uns."

Dieser schaute jetzt von einem zum anderen. Von zwei Seiten musste er sich nun Vorwürfe anhören. Aber viel schlimmer war, dass sie zum ersten Mal offen die Partei des Täters ergriffen hatte. Diese beginnende Solidarisierung bereitete ihm große Sorge. Sie würde möglicherweise das Lager spalten. Für ihn stand mehr denn je fest, alles daransetzen, seine Kassiererin frei zu bekommen und zwar noch vor der Rentnerin. Die schien ihm couragiert genug, noch ein wenig auszuharren, wenn sie nur mit ihrem Mann telefonieren durfte.

Bei den beiden Männern erkannte er keine Probleme und er selbst - ja, natürlich hätte auch er gern mit Irene telefoniert, aber diszipliniert wie er war, verzichtete er zunächst darauf. Komisch, er fühlte sich auch nach der letzten brenzligen Situation nicht ernsthaft bedroht. Er musste nur mit ihm im Gespräch bleiben.

„Herr Matthießen, haben Sie mich verstanden?"

„Ja, natürlich, Frau Mommsen“, tat er geistesabwesend.

„Sie haben Recht.“

Er drehte sich zum Räuber um.

„Er wollte nur wissen, ob wir hier alle gesund sind“, log er frech.

„Und deshalb möchte ich nochmals anrufen wegen der Angehörigen hier.“

Noch bevor der Geiselnehmer reagieren konnte, meldete sich wieder die Angestellte aus dem Hintergrund.

„Das wird er Ihnen schon sagen, wenn es soweit ist.“

Jetzt galt es nur, keinen Fehler zu machen, sagte sich Klaus Matthießen und Erna Jensen kam ihm zu Hilfe

„Ich glaube, Sie tun Ihrem Chef Unrecht. Er tut doch nun wirklich alles - insbesondere für Sie.“

„Schluss jetzt!“ unterbrach der Gangster den aufkommenden Streit.

„Ich will hier auch raus. Schließlich habe ich mir die Lage nicht ausgesucht...“ Er wurde durch das Klingeln des Telefons unterbrochen, aber er ließ sich nicht beirren, „Sie geben die Namen durch und dann will ich den Hörer, ist das klar?!“

Der Banker nickte, nahm den Hörer auf und meldete sich. Nach kurzem Hineinhören nahm er den Hörer wieder hinunter und hielt mit der anderen Hand die Muschel zu.

„Es ist die Presse, aber dieses Mal eine andere.“

Matthießen war vorsichtiger geworden.

„Sagen Sie, die können mich mal - oder halt - geben Sie her!“

„Hören Sie gut zu!“ sprach er scharf und ohne jede Anrede in die Muschel.

„Ich kenne Ihre Sensationsgier, aber da können Sie mit mir nicht rechnen. Rufen Sie hier nie wieder an und sagen Sie das den übrigen Schmierenkomödianten!“

Nach dem Gespräch herrschte eine peinliche Ruhe und jeder fragte sich, was diese Reaktion für sie zu bedeuten hatte.

Irgendetwas stimmte mit diesem Menschen nicht, stand für Klaus Matthießen fest. Am Anfang zeigte er sich als abgebrühter Verbrecher, mit zunehmender Zeit aber war nicht nur sein Tonfall ein anderer geworden, nein, auch die Ausdrucksweise hatte sich gewandelt. Und noch etwas kam hinzu, die Frage nach den Medikamenten und der verständnisvolle Rat gegenüber seiner Kassiererin passten so gar nicht zu einem kaltblütigen Bankräuber.

„Haben Sie vergessen, dass Sie die Polizei anrufen sollten?“

Der Banker erschrak. Er war gemeint.

„Ja, natürlich“, beeilte er sich deshalb und wählte die ihm bekannte Rufnummer.

Es dauerte ewig, bis er endlich mit dem Verhandler verbunden wurde.

„Hören Sie Herr Matthießen, bevor ich es vergesse, gebe ich Ihnen gleich meine Durchwahl, dann sind wir immer gleich verbunden.“

„Herr Beckurt, ich gebe Ihnen jetzt die Namen von uns durch sowie die Anschriften und dann möchte Sie noch der...der, na Sie wissen schon, sprechen."

Beckurt meinte anschließend:

„Einige Angehörige haben wir schon erreicht. Darf ich Ihnen davon berichten?"

Matthießen wiederholte laut und langsam die Frage des Polizisten.

Der Bankräuber überlegte kurz und dann nikkte er.

„Sie dürfen."

„Gut, Herr Matthießen. Der Rentner Jensen liegt in der Klinik auf der Intensivstation und ringt mit dem Tode. Mein Kollege Feller ist im Augenblick unterwegs, um den Ehemann der Frau Mommsen zu erreichen. Und Ihre Frau ist zu Freunden gegangen. Sie... sie denkt an Sie."

Meine gute Irene, durchzog es den Filialleiter, doch war er wieder sofort bei der Sache. Er gab die Informationen gleich weiter, verschwieg aber wohlweislich den Todeskampf des Rentners.

„Ich glaube, wir sollten jetzt vernünftig sein und Sie geben mir den Täter", beendete Beckurt das Gespräch.

Donnerwetter, staunte Matthießen, der ist ja auch noch lernfähig. Er nickte und reichte den Hörer weiter. Der Ganove übernahm ihn mit der freien Hand. Das heißt, er hatte beide Hände frei. Der Revolver steckte im Hosenbund unter dem schwarzen Ledergürtel.

„Ich weiß natürlich, dass Ihre Polizisten nicht weg sind, sondern irgendwo lauern, aber das macht nichts. Passen Sie jetzt genau auf, was ich sage. Ich brauche Geld, genauer gesagt 36.000 Euro in großen Scheinen und wenn ich das Geld habe, dann...dann kommt die Kassiererin frei, haben Sie mich verstanden?"

Auf der anderen Seite der Leitung war für ein paar Sekunden nichts zu hören, dann hatte Bekkurt sich offenbar gefangen.

„Sie möchten also 36.000 Euro in großen Scheinen und lassen dafür Frau Mommsen frei. Ich gestehe, dass ich ein wenig überrascht bin und dass ich darüber gern mit Ihnen sprechen würde."

„Sie dürfen hier gar nichts! Ich sehe dem Geld in der nächsten halben Stunde entgegen", gab der Räuber barsch zurück und legte auf. Er wollte gerade wieder nach hinten gehen, da löste sich die Kassiererin aus ihrer starren Haltung und stürzte auf ihren Bewacher zu. Sie umarmte ihn und rief immer wieder: „Danke! Danke!"

Die Haltung des Täters versteifte sich, er packte sie an den Schultern und schob sie von sich.

Klaus Matthießen wollte die peinliche Situation retten. Er trat an ihre Seite und legte freundschaftlich den Arm um ihre Schultern, doch sie fauchte ihn an:

„Sie haben doch gehört, dass er mich frei lässt! Ich wäre vielleicht schon viel früher draußen gewesen, wenn Sie sich nicht immer dazwischen gestellt hätten!"

Verärgert ging sie an ihren Platz. Niemand sprach ein Wort.

„Sie haben gar nichts von meinem Mann gesagt?"

Das war Oma Jensen. Sie schaute den Filialleiter gespannt an.

„Frau Jensen, es fällt mir - äh - nicht leicht, es Ihnen zu sagen, aber Ihr Mann hatte einen Schwächeanfall und liegt im Krankenhaus."

Er beugte sich nach vorn und wollte sie trösten. Doch sie entzog sich sanft seinem Händedruck und holte aus ihrer Handtasche ein Taschentuch. Lautlos rannen ihr die Tränen über die Wangen.

Mein lieber Heinrich, durchzog es sie, sollte das nach vierzig Jahren das Ende sein und das nur, weil dieser...sie biss sich auf die Lippen. Nein! Du wirst es schaffen! Ihr Körper straffte sich. Ihr war klar, dass der gute Matthießen sie geschont und ihr längst nicht die volle Wahrheit gesagt hatte.

„Ich bitte Sie inständigst, lassen Sie doch beide Frauen frei."

Alle schauten hoch. Das war der Landstreicher.

Der Banker wollte gerade nachsetzen, da klingelte das Telefon. Alle waren so gefangen von der augenblicklichen Situation, dass sie erschrocken herumfuhren.

Auch der Täter zuckte kurz zusammen und ging dann langsam auf den Schreibtisch zu.

„Ja!" meldete er sich kurz.

Gespannt blickten alle zu ihm hinauf.

„Hier ist Beckurt noch einmal. Ich weiß nicht, ob der Filialleiter Ihnen gesagt hat, dass der Mann der älteren Dame im Sterben liegt."

Beckurt machte bewusst eine Pause.

„Und ich muss Ihnen sagen, dass jede weitere Verhandlung mit Ihnen nur noch Sinn macht, wenn Sie auch diese Frau freilassen. Sie sollten sich das überlegen und mich dann wieder anrufen."

Pause. Doch der Verhandler legte nicht auf, er wartete auf eine Reaktion.

Der Gangster schluckte trocken.

„Ich melde mich", klang es rau aus seiner Kehle und dann legte er auf.

*

Peter Mommsen schaute auf seine Armbanduhr: Halb vier. In einer knappen halben Stunde hatte der angestellte Optiker Feierabend. Der Laden war leer und er ordnete die Auslagen in der Vitrine – zum x-ten Male an diesem Tag. Er dachte an Elke, die er kurz nach vier Uhr von der Bank abholen wollte. Die Ladentür ging auf. Ding – Dong. Ein Polizist stand in der Türfüllung. Mommsen schaute erstaunt und erschrocken zugleich. Er kannte Feller flüchtig.

„Herr Mommsen?"

„Ja."

„Mein Name ist Feller. Kann ich Sie einen Augenblick sprechen?"

Mommsen wurde nervös.

„So reden Sie doch schon!"

„Also gut, wie Sie wollen. Es geht um Ihre Frau."

Also doch, durchzuckte es Peter.

„Ja, was ist mit ihr?"

„Sie ist noch in der Bank", setzte der Obermeister wieder an.

„Mein Gott, das weiß ich doch!"

„Ja, nur da ist auch noch - äh - ein, ein Bankräuber..."

Feller hielt inne. Er war sprungbereit, um den Ehemann zu stützen. Mommsen merkte, wie ihm die Knie weich wurden. Unfähig, klare Gedanken zu fassen, setzte er sich. Seine Elke als Geisel, eine Katastrophe! Sie, die kaum den normalen Tagesablauf durchstand, war hilflos einem Verbrecher ausgeliefert. „Haben Sie etwas von ihr gehört?" kam es fast tonlos über seine Lippen.

„Wir hatten schon Kontakt."

„Na und?"

Mommsen war kaum fähig zu sprechen.

„Ich habe von der Krankheit Ihrer Frau gehört und wir setzen alles daran, sie als erste da rauszuholen."

Mommsen schaute den Polizisten misstrauisch an.

„Stimmt das auch, was Sie mir sagen oder wollen Sie mich nur beschwichtigen?"

„Nein! Nein!“ beeilte sich Feller zu antworten.

„Das können Sie mir wirklich glauben. Ihre Frau wird die erste sein, die freigelassen wird!“

Der Ehemann stand auf.

„Ich muss zu ihr. Ich will in die Bank. Elke braucht mich.“

Er wollte an Feller vorbei, doch dieser hielt ihn gerade noch am Arm fest.

„Herr Mommsen, so seien Sie doch vernünftig. Ich bring' Sie in unsere Einsatzzentrale. Dort wird man Ihnen helfen.“

Er dachte an den Verhandler Beckurt. Erleichtert atmete er auf, als Mommsen wieder einen Schritt zurückging. Doch plötzlich krümmte er sich und hielt mit beiden Händen seinen Bauch.

„Oh Gott, ein Krampf“, stöhnte Mommsen jämmerlich. „Ich glaube, ich muss mal zur Toilette.“

Stöhnend schleppte er sich zur Hintertür, öffnete die Tür zur Toilette und ließ sie gleich wieder zufallen. Auf leisen Sohlen tastete er sich zum Hinterausgang vor und zog sie auf. Ding - dong machte es. Fluchend rannte er los. Unterwegs suchte er in seiner Hosentasche nach seinem Autoschlüssel und fand ihn nicht. Er lief weiter und achtete nicht auf den Regen, der ihm ins Gesicht schlug. Für ihn gab es nur eines: Er musste zu seiner Elke.

Feller hörte die Ladenglocke, ahnte Böses und spurtete los. Die Toilette war leer. Also doch.

„Kann ich einmal telefonieren?“ fragte er aufgeregt den aus seinem Büro kommenden Ladeninhaber. Dieser nickte.

„Ja, hier Feller! Sagt sofort über Funk der Absperrung Bescheid. Da wird in Kürze ein Mann versuchen, die Bank zu erreichen...“

Der Obermeister gab die Personalien und die Beschreibung des Ehemannes durch. Nachdenklich legte er auf. Hoffentlich ging es gut. Er lief zu seinem Dienstwagen. Kaum hatte er den Zündschlüssel herumgedreht, da vernahm er auch schon über Funk die Meldung: „Achtung! Achtung...“

Und Mommsen rannte. Seine Haare waren längst tropfnass. Er spürte nicht, wie der Regen ihm in den Hemdkragen lief. Er dachte immer nur an Elke. Hoffentlich überlebte sie dieses Drama.

Noch eine Biegung, dann hatte er es geschafft. Er keuchte um die Ecke und blieb wie angewurzelt stehen. Alles war abgesperrt und trotz des scheußlichen Wetters hatten sich Schaulustige eingefunden. Mommsen reagierte sofort und steuerte den Eingang an der Hintertür an. Doch an der nächsten Straßenecke musste er wieder stark abbremsen. Erneut Polizei!

Beide Hände in den völlig durchnässten Hosentaschen näherte er sich schlendernd der Absperrung.

Es war jetzt schon schummerig geworden, doch er sah sie, die Gestalten an der Rückwand in merkwürdiger Kleidung. Es sah ganz nach Kampfanzügen und Stahlhelmen aus. Mein Gott, die wollen stürmen! Das überlebt Elke nicht, durchfuhr es ihn siedendheiß. Verzweifelt suchte er nach einem Ausweg. Gerade wollte er sich umdrehen, da legte sich ihm eine große, feste Hand auf seine Schulter.

*

Beckurt ließ langsam den Hörer auf die Gabel zurückgleiten.

„Das hat ihn getroffen, Kollegen!"

Er blickte ernst in die Runde; ihnen war allesamt nicht zum Spaßen zumute. Der Rentner Jensen lag mit einem schweren Herzinfarkt im Krankenhaus. Sie mussten jetzt unbedingt seine Frau aus der Bank herausholen. Aber so einfach war das gar nicht. Der Geiselgangster musste mitmachen und außerdem gab es noch ein die sehr kranke Kassiererin.

„Ich glaube, er wird einlenken. Die Kassiererin hatte er uns doch sowieso nach der Geldübergabe versprochen", meinte einer aus der Runde.

„Versprochen ist gut. Ich bin mir da nicht ganz sicher. Die Kassiererin scheint ihn wohl selbst zu nerven, kein Wunder, wenn er sie loswerden will, aber die alte Dame, ich weiß nicht so recht", hielt der Chefverhandler dagegen.

„Du kannst dich erinnern an die Bankgeiselnahme, in Münster, glaube ich, da ließen die

Gangster eine junge Frau, die letzte unter den Geiseln, nicht frei, obwohl die unter einem Gehirntumor litt...“

„Ja das stimmt, Manfred. Einer der beiden Geiselnehmer glaubte, dass die Bullen die Bank eher stürmen würden, wenn keine Frau mehr unter den Geiseln ist“, führte eine Kollege die Gedanken von dem Chef-Verhandler zu Ende.

„Egal. Wir müssen weitermachen!“

Beckurt brachte den Knackpunkt auf den Tisch.

„Was sagt ihr eigentlich zu seiner Geldforderung?“

„Da steckt doch was dahinter.“

„Ja, ja, das meine ich auch, doch vorher noch was anderes. Draußen ist es fast dunkel und es ist jetzt kurz nach vier. Eberhard, erkundige dich doch einmal, was die Jungens vom SEK so alles ‘erlauscht’ haben, du weißt schon was ich meine. Die scheinen uns ganz vergessen zu haben. Und wir, wir werden uns mit diesen merkwürdigen 36.000 Euro beschäftigen.“

Er fragte die Meinung seiner Freunde ab und sie waren gerade dabei, über konkrete Gesprächskonzepte nachzudenken, da wurde die Tür aufgerissen.

In der Füllung stand Obermeister Feller, völlig durchnässt und die Schirmmütze halb verdreht auf dem Kopf. Er war völlig außer Atem.

„Herr Beckurt, bitte, Sie sind meine einzige Rettung!“

„Nun nehmen Sie erst einmal Platz“, beruhigte der Verhandler ihn und bot ihm einen Stuhl an.

Dankbar setzte sich der Obermeister.

„Also, ich war bei dem Mann dieser, dieser depressiven Angestellten“ und dann berichtete er von dem Missgeschick in der Wohnung. Er stokkte bisweilen und es war ihm richtig peinlich, seine zweite Schlappe einzugestehen.

„Ich bin dann mit dem Wagen hinterher geprescht und hab’ ihn doch tatsächlich am Hintereingang der Bank erwischt. Ich habe ihn sofort festgenommen...“

„Was? Festgenommen? Sind Sie jetzt völlig übergeschnappt!“ sprang ein Kollege von seinem Stuhl hoch.

„Menschenskind, ich konnte ihn doch nicht in die Bank lassen. Der hätte es fertig gebracht...“,

„... und hätte die Inselbank gestürmt, meinen Sie?“

Das war Beckurt, der ihn unterbrach, um seine Argumentation zu stützen. Feller nickte eifrig.

„Richtig, Herr Beckurt. Er sitzt unten im Wachraum und ich dachte - äh - ja ich dachte, dass Sie einmal mit ihm sprechen und ihn beruhigen.“

Wieder schaute er Beckurt erwartungsvoll an.

„Am besten wird es sein, wenn Sie den Mann hier in unsere Runde bringen“, entschied der Verhandler. Und schon war Feller wieder draußen.

„Jetzt drückt mir die Daumen, dass ich die richtigen Worte finde, ich...“, doch weiter kam er nicht, denn Feller schob einen völlig durchnässten Mann in den Raum hinein. Er schlotterte vor Kälte.

„Ich nehme an, Sie sind Herr Mommsen?“ ging Beckurt auf ihn zu und reichte ihm freundlich die Hand.

Dieser schaute ihn etwas verwundert an und nickte nur.

„Erst einmal müssen Sie unbedingt die Kleidung wechseln. Kollege Feller, das gilt auch für Sie. Und dann unterhalten wir uns.“

Und schon waren beider wieder draußen. Beckurt atmete tief aus.

„So, nun haben wir erst einmal Luft und können...“

In diesem Augenblick kam der Kollege vom SEK zurück.

*

Die geplagte Mutter des Medizinstudenten war in heller Aufregung. Und sie machte sich schwere Vorwürfe, denn sie hatte ihrem Sohn das Versteck des alten Armeerevolvers ihres Vaters genannt.

„Oben auf dem Spitzboden, unter der Glaswolle, gleich neben der kleinen Abseitentür, da wo dein alter Schlitten lagert“, hatte sie ihm gesagt. Das wusste sie von ihrem Mann, sie selbst war nie da oben gewesen und hatte sowieso einen Heidenrespekt vor diesem „Monstrum“.

Ihr Sohn war gleich vom Frühstückstisch aufgesprungen und den Treppenflur nach oben gelaufen. Durch die nicht zugeschlagene Wohnungstür hatte sie noch gehört, wie er die Einschlubleiter zum Dachboden mit lautem Geknarre hinunterzog. Alle Mieter hatten neben einem Trockenboden auch noch einen mit Latten abgetrennten Abstellraum erhalten. Nach kurzer Zeit war er wieder zurückgekommen. Mit großem Erschrecken sah sie den riesigen Revolver in seinem Hosenbund. Noch mehr irritierte sie allerdings das Schmunzeln auf seinem Gesicht. Sie ahnte nichts Gutes. Und auch seine Bemerkung, als er sich zu ihr hinunterbeugte und ihr einen Kuss auf die Stirn drückte „Damit kann ich doch schon vorher üben, wenn ich in den Schützenverein eintrete, Mutti!" war nicht geeignet, die alte Dame zu beruhigen.

*

Karl Padow dachte an seine Frau. Es war halb fünf und draußen war es jetzt ganz dunkel geworden. Sie wird sich Gedanken machen. Es war zwar nicht das erste Mal, dass er im Dunkeln allein von seinen Hafenspaziergängen ins Hotel gekommen war. Aber heute bei dem Wetter?

Er überlegte. Die Situation im Raume hier war einigermaßen entspannt. Der Ganove war nach dem letzten Telefonat ziemlich wortkarg. Er schien nachdenklich geworden zu sein. Wie ein Tiger im Käfig lief er hin und her.

Direkte Angst hatte Padow nicht. Gewiss, als die ganze Sache losging, da hatten ihm ganz schön die Knie geschlottert. Er war kein Held.

Größte Achtung brachte er dem Mann mit der zerlumpten Kleidung entgegen, der zwar penetrant roch; aber ansonsten couragiert reagiert hatte.

Den Banker übrigens schätzte er am meisten. Solch eine Ruhe und Gelassenheit im Umgang mit dem Gangster imponierte ihm. Deshalb war für ihn klar, dass er ihn nach Kräften unterstützen musste.

Auch Oma Jensen zollte er Hochachtung. Mit welchem Mut war sie dem Räuber entgegengetreten und nun noch diese Hiobsbotschaft von ihrem Mann. Sie musste unbedingt zu ihm.

Ganz furchtbar musste wohl die Kassiererin leiden. Doch weiter kam Padow nicht in seinen Gedanken. Er verspürte einen Druck auf der Blase und zwar ziemlich heftig. Das hatte gerade noch gefehlt. Er schaute hoch. Der Räuber war auf den Schreibtisch zugegangen und wählte jetzt eine Telefonnummer.

„Hören Sie zu, die halbe Stunde ist jetzt rum. Bringen Sie mir das Geld und Sie können sie haben.“

Der Räuber hörte noch einige Zeit in die Muschel und legte dann auf. Er stand da und schaute zur Couch.

Padow konnte nichts von seinem Gesicht ablesen, zum einen wegen der Maske und zum anderen wegen der spärlichen Beleuchtung. Nur eine Schreibtischlampe brannte.

„Sie können sich fertig machen", äußerte der Räuber völlig ruhig.

Elke Mommsen schaute ängstlich, aber auch zugleich dankbar den Ganoven an. Sie hatte es plötzlich sehr eilig, das durchnässte Taschentuch in ihre Rocktasche zu stopfen und aufzustehen. Ein leichtes Lächeln lag auf ihrem Gesicht. Zögernd ging sie auf den Verbrecher zu.

„Danke."

„Ich meine nicht Sie, sondern die Oma!" Peng! Das schlug bei allen wie eine Bombe ein. Die Angestellte schien das zunächst gar nicht zu begreifen. Ihr Blick ging von ihrem Peiniger zu Oma Jensen und zurück.

„Aber", stotterte sie völlig fassungslos, „Sie hatten doch vorhin am Telefon gesagt, dass i c h heraus sollte."

Doch der Bewacher hob nur einmal kurz die Schultern und gab keinen weiteren Kommentar. Das war für Elke Mommsen zu viel. Völlig unerwartet stürmte sie auf den Gangster los und hämmerte mit ihren Fäusten auf ihn ein, immer und immer wieder. Dabei schrie sie immer wieder: „Ich will heraus! Ich will hier raus!"

Die ersten Schläge musste er voll einstecken. Erst dann konnte er die beiden Unterarme der Frau packen und festhalten. Bei dem Gerangel verlor er seine Waffe aus dem Hosenbund. Jetzt hatte er genug. Mit einem mächtigen Stoß schleuderte er die Frau beiseite, bückte sich und hob blitzschnell die Waffe auf.

Das Ganze war so schnell gegangen, dass niemand von den anderen hatte eingreifen können.

„Bitte, lassen Sie doch die Kassiererin frei. Ich kann noch warten."

Natürlich, es war wieder die Oma. Diese alte Dame hatte sicherlich einen Orden verdient, dachte der Filialleiter respektvoll.

Elke Mommsen stand in der Ecke und schluchzte, kreideweiß im Gesicht und konnte sich kaum auf den Beinen halten. Sie hatte Atemnot. Da stand Matthießen auch schon neben ihr. Er musste wohl geahnt haben, was sie im Augenblick durchmachte, denn er legte seinen Arm um ihre Schultern und führte sie zur Tür.

„Darf ich mit ihr im Schalterraum ein wenig auf und ab gehen?" fragte er höflich. Der Geiselgangster nickte.

„Bitte, ich sag' es noch einmal, lassen Sie doch die kranke Frau gehen."

Dieses Mal war die Rentnerin aufgestanden und hatte beschwörend ihre Arme gehoben.

„Sie gehen jetzt!" antwortete der Gangster leise zischend, aber so bestimmt, dass sie es vorzog zu schweigen. Natürlich jubelte ihr Herz innerlich bei dem Gedanken, sich endlich um ihren Heinrich kümmern zu können. Hoffentlich kam sie nicht zu spät. Aber sie war ein Mensch, der niemanden leiden sehen konnte. Sie hatte erkannt, dass diese Frau völlig fertig war.

„Sie“ und der Täter tippte auf Padow, „Sie gehen jetzt ans Telefon und sprechen mit diesem Beckurt von der Polizei die Einzelheiten ab. Die Nummer steht auf dem Zettel!“

Der völlig überraschte Padow kam von seinem Platz hoch und ging mit etwas wackeligen Knien ging zum Schreibtisch.

Er hatte gerade den Hörer abgenommen, da klirrte irgendwo in der Bank eine Scheibe.

*

„Na, Eberhard, was gibt es Neues an der Front?“

Fragend schaute Beckurt seinen Kollegen an.

„Den Weg hätte ich mir sparen können.“

Die meisten in der Runde schmunzelten, nur Beckurt blieb ernst.

„Der Alte lag mir dauernd in Ohren, unter allen Umständen die Rentnerin herauszuholen. Er muss wohl eine panische Angst davor haben, dass man ihm die Schuld dafür in die Schuhe schieben könnte, wenn der Rentner plötzlich stirbt. Über die merkwürdige Geldforderung haben wir gar nicht gesprochen; dafür hatte er gar keine Ohren. Ich glaub’, er akzeptierte mich gar nicht als kompetenten Gesprächspartner. Das Beste wird sein, wenn du selbst einmal mit ihm sprichst.“

„Das klingt ja mächtig resignierend, mein Lieber."

„Bin ich auch, Manfred. Ich hab' noch was vergessen. Der Leiter des SEK beschwerte sich bei mir, dass er immer noch keinen klaren Auftrag vom 'Alten' erhalten hätte und dass er jetzt auf eigene Faust losmarschieren würde."

Beckurt runzelte die Stirn. Das passte ihm nun gar nicht. Noch waren die Verhandlungen nicht ausgereizt. Darüber müssten sie ohnehin gleich noch diskutieren.

„Ach ja und dann noch etwas zum Schluss, die Soko hat das Telefon angezapft und ein Gespräch der Presse mit dem Geiselnehmer mitgehört. Das Interessante war, der hat die Presse ziemlich abblitzen lassen."

Alle waren erstaunt, so auch Beckurt. Was hatte das nun wieder zu bedeuten?

„Also, fassen wir noch einmal zusammen", nahm er seine Rolle als Moderater in der Gruppe wieder auf.

„Nach anfänglichen harten Tönen wird unser Mann zugänglicher und bietet nach einer höchst merkwürdigen Geldforderung die Freilassung der Kassiererin an. Letzteres ist aber mehr als verständlich. Wir müssen übrigens gleich mit ihrem Mann rechnen. Doch noch mal zurück zum Täter. Auf meine eindringliche Bitte ist er sogar bereit, die Rentnerin vor der Geldübergabe herauszulassen. Was sagt ihr dazu?"

Es begann eine angeregte Diskussion, bei der sie versuchten, ein Täterpsychogramm zu entwickeln. Sie gingen von einem Einzelgänger aus, obwohl der Filialleiter diese Frage nicht mehr hatte beantworten können; es sprach aber vieles dafür.

Die Frage nach dem Motiv war eng mit der merkwürdigen Geldforderung verknüpft. Da steckte doch etwas dahinter. Drückte diesen Ganoven genau diese Summe an Schulden? Und dann eine Inselbank! Ein Profi jedenfalls würde das nicht riskieren.

„Okay, Kollegen, wir werden jetzt mal den Hebel auf der emotionalen Schiene ansetzen und Horst, du gehst noch einmal, ach ne, warte, ich mache das selbst. Ich gehe zum Alten und frage ihn, wie er überhaupt zu der Forderung steht."

Doch er kam nicht mehr dazu, denn in diesem Moment klopfte es an der Tür und herein kamen Obermeister Feller und Peter Mommsen, beide in trockenen Sachen.

„Bitte, meine Herren, nehmen Sie Platz."

Mommsen wirkte zumindest äußerlich ruhig.

„Zigarette?" begann der Oberkommissar das Gespräch.

Doch er lehnte dankend ab.

„Herr Mommsen, zunächst schönen Dank, dass Sie zu uns gekommen sind. Wir sind jetzt soweit, dass Ihre Frau schon sehr bald wieder frei sein wird."

Begierig wie ein Schwamm saugte Peter Mommsen jedes Wort auf.

„Und Sie meinen, dass es schon bald passieren könnte?“

„Ganz bestimmt, Herr Mommsen!“

Eine Weile herrschte Schweigen, doch dann brach es aus dem Ehemann förmlich heraus:

„Wenn ich doch nur mit ihr tauschen könnte!“

„Sie meinen, Sie könnten es besser ertragen?“

„Na klar, Sie wissen doch, wie krank meine Frau ist. Ich weiß nicht, ob sie das jemals verkraften wird!“

Alle waren tief beeindruckt und blieben stumm. Trost war ihnen nicht möglich.

Das augenblickliche Problem war nur, wohin mit ihm. Hier konnte er nicht bleiben.

„Herr Feller, ich hätte da eine Bitte. Könnten Sie Herrn Mommsen betreuen? Sie sollten nur telefonisch erreichbar sein!“

Dieser nickte eifrig. Wieder hatte er eine Chance, seinen Fehler wettzumachen.

Beckurt und seine Freunde waren heilfroh, als die beiden raus waren.

„Ich möchte nicht in seiner Haut stecken“, entfuhr es einem aus der Runde.

*

Bertram kratzte sich am Kinn. Er saß dem Einsatzleiter gegenüber und war der Verzweiflung nahe. Der Chef redete nur ‘wischi, waschi’.

Koch selbst fühlte sich um Jahre gealtert. Diese Sache war mehrere Nummern zu groß für ihn. Wenn er nicht die Jungens von den Spezialeinheiten gehabt hätte, dann... er wagte nicht zu Ende zu denken. Seine Chefs! Ihnen hätte er dieses Spektakel gegönnt, aber die waren weit weg.

„Wie schon gesagt, werde ich jetzt an der Hinterseite eine Möglichkeit für einen Zugriff ausbaldowern lassen."

Koch erschrak und schaute hoch.

Bertram stand kopfschüttelnd auf und verließ den Raum. Er konnte diese Häufchen Elend einfach nicht mehr länger ertragen.

Mit der Mannschaft sprach er das weitere Vorgehen ab. Seine Truppe lag schon in den Startlöchern. Sie brannten auf einen Zugriff.

Die Aufklärungsergebnisse waren allerdings mehr als mager. Ein Zugriff war deshalb mit großen Risiken behaftet. An der Rückfront gab es Oberlichter und zwei Toilettenfenster, wie der Lageplan auswies. Bertram verfolgte die Idee, möglicherweise dort einzudringen. Alle Einzelheiten wurden genau abgesprochen und der Stoßtrupp machte sich an die Arbeit.

Bertram selbst war über Funk mit ihnen verbunden. Sein Stellvertreter übernahm die Arbeit an der Front. Er selbst wollte lieber in der Nähe des Chefs bleiben, um vor allen Dingen zu verhindern, dass dieser Beckurt von der 'Sabbeltruppe' sich bei dem Alten allzu sehr einschleimen konnte. Er starrte auf das Funkgerät.

Endlich hörte er das Piepen.

„Ja!?“

„Es ist schief gelaufen, Chef. Beim Ansaugen ist uns die Scheibe gesprungen...“

„Sofort abziehen und hierher!“

Bertrams Stimme zitterte vor Wut. Die sollten was erleben. Er suchte gerade nach passenden Worten, da klingelte das Telefon. Missmutig nahm er den Hörer ab.

*

Alle erstarrten und schauten auf den Gangster. Was würde er jetzt tun? Es dauerte nur ein paar Sekunden, da schrie er auch schon los:

„Alle hier in den Raum und hinlegen!“

Sie warfen sich ohne zu zögern hin; der Filialleiter riss Elke Mommsen mit und drückte sie im Büro auf den Fußboden nieder.

Nur jetzt nicht durchdrehen, hoffte der Banker. Für ihn war klar, dass die Polizei hier irgendeine Aktion gestartet hatte und das wusste der Ganove natürlich auch.

„Sie“ und er zeigte auf Hans.

„Aufstehen!“

Der Landstreicher kam hoch und schaute den Täter fragend an.

Dieser ging auf ihn zu und hielt ihm den Lauf der Waffe an die Schläfe. Die Mündung fühlte sich kalt an auf seiner Haut.

„Sie kommen jetzt mit! Wollen doch mal sehen, wer uns da besuchen wollte!“

Ganz langsam und Schritt für Schritt näherten sie sich der Toilettentür.

Das kalte Eisen blieb an seinem Kopf. Kurz vor dem Eingang zum WC verharrte der Täter und blickte zurück zum Büro.

„Alles aufstehen, damit ich Sie sehen kann!“

Dann erst drehte er sich wieder um.

„Sie gehen jetzt hinein und ich komme hinterher. Machen Sie ja keine Dummheiten!“ zischte er leise und Hans zog langsam die nur angelehnte Tür auf.

Er tastete mit seiner rechten Hand nach einem Lichtschalter.

„Wohl verrückt geworden!? Kein Licht!“

Hans zuckte zurück. Der schwache Lichtschein aus dem Büro reichte dem Täter, um sich zu orientieren. Vom Waschraum gingen zwei Türen zu dem WC ab. Sie waren geschlossen. Er drehte sich fragend um. Der Geiselgangster war in der Türfüllung stehen geblieben und hatte sich gerade wieder misstrauisch nach den anderen umgesehen.

„Öffnen Sie!“

Behutsam drückte Hans die Klinke hinunter und stieß die Tür vorsichtig nach innen auf. Das Oberlichtfenster war okay und geschlossen.

„Die nächste Tür!“ fauchte unmittelbar hinter ihm der Ganove. Hinter der zweiten Tür trat Hans auf Scherben und sah die Bescherung sofort. Das

Oberlicht war eingeschlagen. Draußen war nichts zu hören.

„Rauskommen und von außen abschließen!"

Hans nickte gerade, da hörte er ein lautes Getrampel. Erschrocken fuhr er herum und sah, wie die Kassiererin durch den Kundenraum hetzte und an der Eingangstür rüttelte. Wie eine Wilde riss sie die Gardinen zur Seite und schrie laut um Hilfe.

Matthießen war mit einem Sprung bei ihr, umklammerte sie mit beiden Armen und drängte sie wieder zurück in das Büro.

„Diese Dilettanten!" stieß der Geiselgangster verächtlich aus.

„Bedanken Sie sich bei denen. Jetzt kommt hier gar keiner mehr raus!"

Laut schluchzend fiel die Kassiererin in sich zusammen und die aufspringenden Männer konnten sie gerade noch auffangen und auf die Couch gleiten lassen. Dort legte Oma Jensen ihren Arm um die Schultern der völlig verstörten Frau. Padow wurde an sein altes Problem erinnert. Er konnte den Blasendruck kaum noch ertragen. Egal, er musste handeln. Qualvoll erhob er sich und setzte gerade an, da schnarrte das Telefon. Trotzdem schrie er laut auf: „Verdammt, ich muss mal!"

Dabei hielt er sich beide Hände schützend vor seine Hose und wartete gar nicht erst eine Reaktion des Täters ab, sondern hastete an ihm vorbei durch die Bürotür, schloss die Toilettentür auf und war im Innern verschwunden.

Alles ging so blitzschnell, dass der Täter gar nicht reagieren konnte. Er starrte nach wie vor auf das schrillende Telefon. Er schaute zum Filialleiter.

„Sie sind mir dafür verantwortlich, dass der da wiederkommt!"

Dann nahm er den Hörer ab.

„Ja."

„Beckurt hier, Sie werden mit Recht erbost sein über das, was da gerade bei Ihnen passiert ist."

„Erbost! Das ist wohl nicht der passende Ausdruck. Die Folgen haben Sie ganz allein zu tragen!"

„Sie meinen, dass jetzt unsere Abmachungen nicht mehr gelten?"

Bevor der Verbrecher antworten konnte, kam Padow von der Toilette zurück, sichtlich erleichtert und bedankte sich.

„Was heißt Abmachung. Am Telefon tun Sie so gewählt und hinten herum versuchen Sie, die Bank stürmen zu lassen."

„Sie meinen also, wir hätten Sie gelinkt?"

„Na das merkt doch ein Blinder!"

„Zur Erklärung darf ich Ihnen sagen, dass es richtig ist, dass wir versucht haben, einen Weg in die Bank zu bahnen, sozusagen für den Notfall, verstehen Sie?"

Er hielt inne. Der Räuber war eine Zeit lang ruhig, bis er zynisch bemerkte:

„Für den Notfall? Das können Sie mir doch nicht erzählen."

„Okay, Sie glauben mir nicht und ich glaube, ich würde es an Ihrer Stelle auch nicht tun..."

Wieder hörte Beckurt auf und wartete auf eine Reaktion, doch die blieb aus.

„Tatsache ist allerdings auch, dass wir ein friedliches Ende wollen und zwar mit Ihnen. Mit dem Notfall meine ich Folgendes. Nehmen wir mal an, es passiert da was bei..."

„Hören Sie auf damit! Das glaubt Ihnen doch kein Mensch! Das einzige, was ich glaube, ist, dass Sie die Bank stürmen wollten!"

Der Geiselnehmer war zuletzt immer heftiger geworden. Beckurt musste auf der Hut sein.

„Okay, okay. Ich akzeptiere, dass Sie unsere Verhandlungen als unfair erleben. Und das sind sie auch, denn wir können beide nicht frei entscheiden. Sie nicht und auch wir nicht. Und meine Bitte ist, dass Sie nicht aufgeben, dass wir trotzdem weiter verhandeln. Ich jedenfalls bin weiterhin für Sie da..."

Und wieder wartete der Verhandler auf eine Einlassung. Doch die blieb auch dieses Mal aus.

„Wenn Sie jetzt einverstanden sind, dann würde ich Ihnen noch etwas sagen. Ich habe großen Respekt vor Ihrer Entscheidung, die Rentnerin raus zu lassen. Das sage ich nicht nur so, das meine ich auch so. Tatsache ist auch, dass Sie Ihr Geld in Kürze bekommen."

Beckurt biss sich auf der anderen Seite auf die Unterlippe. Davon wusste allerdings der Chef noch nichts. Aber er war sich sicher, dass das kein

Problem bedeutete. Der war nach dem Fehlschlag ohnehin fast zusammengebrochen. Sehen Sie zu, wie Sie das wieder ausbügeln, hatte er Beckurt am Telefon angeschnauzt.

Dem Verhandler brannte das Problem mit dem alten Rentner ohnehin unter den Nägeln. Er war immer noch bewusstlos.

Am anderen Ende der Leitung blieb es weiter still.

„Ich kann Ihnen versichern, dass sich Ihre Bereitschaft, die Frau Jensen herauszulassen, positiv auswirken wird."

„Ach hören Sie auf! Ich habe es mir anders überlegt. Ich will erst das Geld und dann kommt die Oma frei. Es ist jetzt zwanzig vor sechs. Also um achtzehn Uhr rufen Sie mich wieder an und teilen mir mit, dass das Geld da ist!"

Ohne eine Antwort abzuwarten, legte der Räuber auf.

*

Herta Padow gähnte müde. Sie schaute auf die Uhr: Bald sechs. Draußen war es schon dunkel. Nun müsste er eigentlich bald eintrudeln, dachte sie. Sie selbst hatte den ganzen Tag die Pension nicht verlassen und in einem guten Buch geschmökert. Eigentlich hatte sie sich ein Mittagsschläfchen gönnen wollen, doch sie war bei ihrem Mann und ihrer beider Beziehung hängen geblieben. Wie hatten sie sich auf diesen Urlaub gefreut. Und was war daraus geworden? Jeder war seinen Interessen nachgegangen und sie hatten sich wenig zu sagen gehabt. Lebten sie sich auseinander? Diese bange Frage stand auch jetzt noch in ihrem Herzen. Wenn sie an den gestrigen Abend und diese Blonde dachte, klopfte ihr Herz. War da etwa Eifersucht im Spiel?

Sie überlegte, ihm entgegenzugehen. Sie brauchte ohnehin frische Luft.

Unschlüssig schaute sie aus dem Fenster. In diesem Augenblick hörte sie Stimmen im unteren Flur. Gleich darauf klopfte es an ihrer Tür, ziemlich energisch. Erstaunt öffnete sie. Noch erstaunter war sie, einen Polizisten zu sehen.

„Frau Padow?“

Als sie wortlos nickte, fuhr er fort:

„Mein Name ist Martens, darf ich einen Augenblick hereinkommen?“

Ja, es war Martens persönlich. Die Mitarbeiter waren bis auf den letzten Mann eingespannt und Feller betreute den Peter Mommsen.

„Es geht um Ihren Mann.“

„Hat er einen Unfall gehabt?“

„Nein, Frau Padow, Ihr Mann war in der Inselbank.“

„Ist ihm schlecht geworden?“

„Nein, nein, Ihr Mann wird dort festgehalten von - von einem - äh - Bankräuber.“

So, das war heraus. Herta Padow ging rückwärts ins Wohnzimmer und ließ sich auf einen Sessel fallen. Hier auf dieser Insel ein Geiselgangster. Völlig fassungslos schaute sie Martens an. Sie war wie gelähmt.

„Nach unseren letzten Erkenntnissen geht es allen gut."

Es war kein Trost, das wusste er, aber er musste es loswerden. Diese Stille machte ihn nervös.

„Haben Sie mit meinem Mann gesprochen?"

„Nein - äh - nicht direkt. Wir - wir hatten den Filialleiter am Apparat und der sagte uns das. Können wir Ihnen irgendwie behilflich sein?"

Er empfand das selbst als eine Floskel. Er wusste gar nicht, wie er helfen konnte. Deshalb atmete er erleichtert auf, als sie den Kopf schüttelte und meinte:

„Nein, schönen Dank. Ich werde zu den Wirtsleuten gehen und fragen, ob ich bei ihnen eine Weile bleiben kann, weil ich dann auch in der Nähe des Telefons bin."

Alle Hochachtung, dachte Martens, sie ist ja ziemlich gefasst und dann erfuhr er völlig überraschend den Grund.

„Wissen Sie, mein Mann ist auch bei der Polizei, bei der Verwaltung zwar, aber ich vertraue Ihnen."

Punkt! Kein Wort mehr, ganz bescheiden. Nachdenklich verließ Martens die Pension.

*

Sie glaubte ihrem Sohn nicht. Die Frau, die sich kaum bewegen konnte, wusste nicht warum, aber sie glaubte ihm die Sache mit dem Schützenverein einfach nicht. Noch nie in seinem jungen Leben hatte er sich für das Schießen interessiert. Im Gegenteil, sie hatte in Erinnerung, wann immer im Fernsehen von kriegerischen Auseinandersetzungen berichtet worden waren, dass ihr Sohn angewidert aufstand und seine Kommentare waren entsprechend gewesen. Nein! Nie und nimmer würde er einem Schützenverein beitreten. Aber was um Himmelswillen wollte er mit dem Revolver?

Die kranke Frau versuchte ihre Gedanken zu ordnen, aber vergeblich. Sie fand keinen greifbaren Anhaltspunkt für seine Ideen und für sein Tun. Sie wusste auch nicht, wen sie fragen könnte. Ihr war keine feste Freundschaft ihres Sohnes bekannt, jedenfalls nicht hier auf der Insel. Und sie selbst mochte auch niemanden anrufen. Wen auch? Ihr Mann war tot und ihre Schwester? Die lebte seit Jahrzehnten in Immenstaad am Bodensee. Aber die Entfernung war es nicht, die die Beziehung mit ihrer Schwester getrübt hatte. Nein, sie hatte zutiefst verletzt, dass sich ihre Schwester nach ihrer chronischen Schmerzerkrankung so gut wie nie um sie gekümmert hatte. Sie erwartete gar nicht persönlichen Besuch. Wie schön wäre es schon gewesen, wenn sie sich mal am Telefon gemeldet hätte. Aber wenn sie nicht selbst zweimal im Jahr zum Hörer gegriffen hätte, dann...

Der geplagten Mutter traten Tränen in die Augen. Ihr chronisches Leiden hatte sie an den Rand des Lebenswillens gebracht. Was sollte sie noch hier? Wenn sie ihren Sohn nicht gehabt hätte, dann...

Und genau der bereitete ihr im Augenblick großen Kummer. Sie wusste zu wenig, wie er lebte, was er vorhatte, was er zum Beispiel nach dem Studium plante. Ein Weinkrampf schüttelte sie. Doch dann gab sich die Verzweifelte einen Ruck. Ihr war doch jemand eingefallen, den sie anrufen konnte. Da gab es eine Angestellte in der Inselbank, der sie vor Jahren, als sie noch laufen konnte, einmal ihr Herz ausgeschüttet hatte. Und diese junge Frau hatte versucht, sie zu trösten und ihr erzählt, dass sie seit Jahren mit Depressionen kämpfte. Seit dieser Zeit telefonierten sie hin und wieder miteinander. Und genau die würde sie jetzt anrufen. Sie quälte sich aus dem Bett und schlüpfte so gut es ging in ihre Hausschuhe. Sich an Möbelstücken festhaltend, schleppte sie sich zum Telefon im Flur. Jeder Schritt, jede Bewegung bereitete ihr Schmerzen und innerlich schimpfte sie auf ihren Sohn. Wie oft hatte er ihr versprochen, von seinem Studienkollegen ein schnurloses Telefon mitzubringen, weil der sich ein neues, modernes gekauft hatte. Aber bei jedem Besuch hatte er es vergessen und sich tausendmal entschuldigt. Gleich war es geschafft. Die kranke Frau stand an der Anrichte, erschöpft und griff nach dem Hörer. Genau in diesem

Augenblick knickte sie vor Schwäche in den Knien ein. Sie suchte Halt an der Anrichte, stürzte jedoch und der Hörer samt Telefon landete auf dem Fliesenboden.

*

Beckurt hörte noch einige Zeit das Tuten im Hörer und starrte diesen an. Erst dann konnte er langsam, aber dafür hörbar, ausatmen. Er war heilfroh, dass der Räuber nicht ausgerastet war. Allerdings bereitete ihm die verzögerte Freilassung der alten Dame Kopfzerbrechen.

Hektisch hatten sie zuvor beraten, wie sie die peinliche Schlappe der SEK-Kollegen ausbügeln konnten. Der Verhandler wusste nur zu genau, wie der SEK-Chef daran zu knabbern hatte. Trotz seiner Bärbeißigkeit schätzte er sein Engagement.

„Was machen wir mit dem Geld?“ warf ein Kollege ein.

Beckurt war klar, dass das zeitlich einfach nicht zu schaffen war. Sie hatten ja noch nicht einmal die konkrete Zusage vom Chef. Er griff erneut zum Hörer. Dabei schaute er in die Runde. Sie hatten alles mitgehört und wussten, wen er anrufen wollte.

„Ja, Herr Koch, ich glaube, dass ich den größten Ärger abgefangen habe, aber nun kommt die Forderung nach dem Geld und zwar bis achtzehn Uhr.“

Er legte eine Pause ein.

„Das nützt uns herzlich wenig, dass Sie grundsätzlich damit einverstanden sind. Der Täter will das Geld bis zu diesem Zeitpunkt in Händen haben, ansonsten lässt er die Rentnerin nicht heraus.“

Wieder eine Pause.

„Gut, Sie wollen das Geld beschaffen, aber das wird dauern.“

Beckurt hörte noch kurz hinein, dann legte er auf.

„Sie schaffen das schon“, äffte er Koch nach.

Ratlos schauten sich alle an. Beckurt sprach das aus, was sie alle dachten:

„Wie können wir einem normalen Täter glaubhaft machen, dass es noch vier Stunden dauert, bis er über die lächerlichen 36.000 Euro verfügen kann?“

„Einem normalen Täter vielleicht nicht, aber...“, wagte einer aus der Runde einen Vorstoß.

„Wie meinst du das?“ fragte ein anderer neugierig nach.

„Na ja, ich weiß nicht recht, aber ist er wirklich normal?“

Schweigen. Dann nickte Beckurt:

„Du hast Recht. Riskieren wir es.“

„Aber wie?“ meldete sich einer skeptisch. Beckurt beugte sich nach vorn.

„Ich hab’ da so eine Idee!“

Alle sahen ihn überrascht an.

*

Paul hatte natürlich längst mitbekommen, dass da in der Inselbank was los war.

Auf seinem Bummel in die Stadt war die Absperrung vor der Inselbank nicht zu übersehen gewesen und von einigen Herumstehenden war zu erfahren, dass sich dort ein Bankräuber mit Geiseln verschanzt hätte.

Paul hatte noch nie so viele Polizisten auf der Insel gesehen, sich deshalb auch ziemlich schnell wieder verdrückt und in der beheizten Kurhalle seine Brötchen trocken hinuntergewürgt. Nach seiner Rückkehr zum Bauwagen hatte er gehofft, dort auf Hans zu stoßen, doch die Bude war leer. Er haute sich wieder aufs Ohr und wachte erst auf, als es schon dunkel war. In der Ferne sah er die nur schwach leuchtenden Straßenlaternen. Er hielt sich seine Armbanduhr vor die Augen. Kurz vor sechs. Wo Hans nur blieb? Das war überhaupt nicht seine Art. Kurz entschlossen stakste er los, um ihn zu suchen. Unterwegs hielt er plötzlich an und lauschte. Tatsächlich, da näherte sich ein Hubschrauber und soweit er ihn verfolgen konnte, ging der große 'Vogel' in der Hafengegend nieder. Vor der Inselbank sah er schon von weitem die Absperrung und die Menge Neugieriger.

Paul schlich sich langsam an die Menschengruppe heran, immer bedacht, keinem Schutzmann über den Weg zu laufen. Die mied er aus Erfahrung wie die Pest. Er schaute sich überall um und suchte Hans. Doch der blieb wie vom Erdboden verschwunden. So langsam machte er sich Sorgen und klapperte alle Stammplätze und Ecken ab, doch vergeblich. Paul beschlich ein unbehagliches Gefühl. Irgendetwas stimmte hier nicht. Er hielt inne. Sollte Hans, aber nein, das war doch nicht möglich, nein, nein, Bankraub, das war nichts für Hans, ausgeschlossen. Der Landstreicher nahm einen anderen Weg zurück zum Bauwagen, doch Hans fand er nicht. Seine Gedanken kreisten immer wieder um die Bank. War er vielleicht doch so verrückt gewesen? Egal, er musste jetzt etwas unternehmen. So schwer es ihm auch fiel, er kam um die 'Bullen' nicht herum. Vielleicht war seinem alten Weggefährten etwas zugestoßen, oder aber man hatte ihn beim 'Klauen' erwischt. Er kannte den Feller, mit dem konnte man noch einigermaßen reden. Vor der Wache bekam er doch weiche Knie und zögerte. Aber die Sorge um Hans trieb ihn hinein. Er nahm im Flur seine Schirmmütze vom Kopf und drehte sie zwischen den Händen hin und her. Da ging eine Tür auf und der fette Polizeichef kam heraus. Den konnte er nun absolut nicht ausstehen, diesen arroganten 'Fettwanst'.

„Na, was willst du denn hier?“ fuhr ihn der Dicke ziemlich grob an.

„Verzeihung, ist der Herr Feller zufällig da?“

„Scher' dich zum Teufel, du siehst doch, dass wir heute genug zu tun haben, oder bist du blind?!“

„Aber...“

„Kein aber, mach, dass du raus kommst, sonst mach’ ich dir Beine!“

Die letzten Worte hatte ein Mann mitgehört, der gerade aus einem anderen Zimmer getreten war.

„Was ist denn mit dem Mann?“

Paul nutzte seine große Chance:

„Ich wollte Herrn Feller sprechen. Es geht um Hans.“

„Mensch, ich sagte dir, du sollst abhauen!“ fuhr der uniformierte Polizist dazwischen.

„Einen Moment bitte!“ Der freundlich aussehende Herr trat jetzt näher hinzu.

„Hans, welchen Hans meinen Sie?“

„Mensch, ich werd’ verrückt, der hat ‘Sie’ gesagt, triumphierte Paul innerlich.

„Hans ist mein Freund, wissen Sie...“

„Mein Name ist Beckurt, kommen Sie doch herein.“

Schüchtern folgte er der Bitte. Vorher warf er dem Dicken noch einen hämischen Blick zu.

„Ich glaube, dass wir Ihnen helfen können. Ich schicke Ihnen jetzt einen Kollegen von mir, der sich mit Ihnen unterhalten wird, einen Moment bitte“ und schon war er wieder verschwunden.

Zurück ließ er einen verdutzt dreinschauenden Landstreicher.

*

Hans saß in seinem Sessel und schaute in die Runde. Seit dem letzten Telefonat ihres Peinigers mit der Polizei war kaum etwas gesprochen worden.

Der Räuber hatte sich einen Stuhl aus dem Schalterraum geholt und in die Tür gestellt. Er saß stumm da; die Waffe lag auf seinem Schoß.

Oma Jensen war die ganze Zeit damit beschäftigt, die Kassiererin zu trösten. Der Filialleiter schien zu überlegen. Karl Padow hockte in seinem Sessel, hatte die Hände gefaltet und blickte auf den Fußboden.

Hans musste an Paul denken. Der hatte sich bestimmt schon große Sorgen gemacht. So lange waren sie noch nie getrennt gewesen. Ob er schon wusste, dass er hier gefangen gehalten wurde? Zur Polizei würde er so leicht nicht gehen, dafür kannte er seinen Paul zu gut.

Er schaute zum Banker hinüber. Der rutschte unruhig auf seinem Sessel hin und her. Und das war er auch. Klaus Matthießen hatte auf die Uhr gesehen und erschrocken festgestellt, dass in sieben Minuten das Ultimatum ablief. Irgendetwas musste sich die Polizei schon einfallen lassen, sonst würde hier niemand so schnell herauskommen.

So ein kleines bisschen baute er noch auf diesen Polizeisprecher. Er wusste zwar nicht, was er ihrem Bewacher beim letzten Gespräch alles gesagt hatte, aber immerhin, der Kontakt war nicht ganz abgerissen. Er konnte den Räuber sogar verstehen, dass er jetzt erst einmal das Geld sehen wollte.

Im Kopf des Maskierten schien es auch zu arbeiten, denn er kippelte ebenfalls auf seinem Stuhl hin und her. Als das Telefon anfing zu läuten, fuhr er regelrecht zusammen.

Es war genau zwei Minuten vor sechs. Der Bankräuber nahm ab.

„Beckurt hier", hörte der die Stimme des Verhandlers.

„Ich mache jetzt mal etwas, was Ihnen ungewöhnlich erscheinen mag, aber da Sie für uns auch ein ungewöhnlicher Mann sind, habe ich mich dazu entschlossen."

Beckurt machte eine kleine Pause, doch sein Gegenüber schwieg.

„Ich sage es Ihnen auf den Kopf zu: Ihre Geldforderung ist so ungewöhnlich wie wahrscheinlich Ihre Tat und darüber möchte ich mich einmal mit Ihnen unterhalten."

Er hielt wieder inne und lauschte. Sein Herz klopfte schneller. Alles war mit seinen Freunden abgesprochen. Er war das Risiko eingegangen, dass der Täter sich jetzt abschottete und eiskalt auf seinen Forderungen beharrte. Aber er glaubte einfach nicht daran. Er hörte nur das laute Atmen seines Gegenübers. Auch in der Bank starrten alle wie gebannt auf den Räuber. Sie wollten hören, was er zu sagen hatte, auch wenn sie nur ahnen konnten, wer am anderen Ende war und gar nicht wussten, was dieser Mensch am Telefon gesagt hatte.

„Ich... ich wüsste nicht, was Sie das angeht."

Aha, richtig getippt, schmunzelte Beckurt.

„Sie haben mir damit signalisiert, dass ich mit meiner Behauptung richtig liege. Ich denke mal, Sie brauchen das Geld dringend und darüber lässt sich reden. Doch zuvor hab' ich einen drängenden Wunsch: Ich möchte, dass Sie die beiden Frauen herauslassen. Schauen Sie, der Mann von der Oma Jensen ringt immer noch mit dem Tode. Na und die Kassiererin ist doch wohl für uns alle eine Belastung, abgesehen, dass sie am meisten darunter zu leiden hat. Für unsere weiteren Verhandlungen haben Sie ja noch genügend Reserve, wenn ich das mal so salopp formulieren darf."

So, das reichte, entschloss sich Beckurt. Das musste er erst einmal verdauen. Und wieder schwieg der Räuber einige Zeit lang und dann kam er.

„Sie haben Recht, aber ich kann jetzt nicht mit Ihnen darüber sprechen. Die Oma kommt jetzt heraus."

Es machte 'klick' in der Leitung und dann war sie tot.

Der Räuber drehte sich langsam um und schaute Erna Jensen an.

„Sie können jetzt gehen".

Ohne eine Antwort abzuwarten, wandte er sich an den Filialleiter:

„Sie lassen die Oma raus. Hier ist der Schlüssel und wenn Sie auch nicht wiederkommen, dann gibt es für Ihre Kassiererin keine Chance mehr!“

Elke Mommsen fiel in sich zusammen und schluchzte herzzerreißend.

Die Rentnerin mochte gar nicht aufstehen, immer und immer wieder streichelte sie den Arm der jungen Frau und sprach beruhigend auf sie ein.

Doch diese hatte dafür überhaupt keine Ohren. Sie spürte alle Kräfte in sich schwinden. Elke Mommsen hatte das Gefühl, dass es mit ihr zu Ende ging. Sie brauchte unbedingt wieder ihre Tropfen. Bittend schaute sie ihren Chef an. Dieser verstand sofort.

„Darf ich vorher für meine Angestellte noch ein Glas Wasser holen?“ bat er höflich und hatte das Glas schon in der Hand. Der Täter nickte nur. Klaus Matthießen beeilte sich. Er war gerade mit dem Glas Wasser zurück, da klingelte erneut das Telefon.

„Sie gehen ran!“ befahl der Gangster und zeigte auf den Banker.

Dieser gab Erna Jensen das Glas und nahm dann den Hörer ab.

„Matthießen.“

„Hier ist noch einmal Beckurt. Ich habe mir das schon gedacht, dass Sie jetzt am Apparat sind. Bitte, richten Sie ihm aus, dass wir einen Beamten in Zivil vor die Banktür stellen, damit der die Rentnerin in Empfang nehmen kann. Wir möchten nicht, dass sie sich allein da draußen hindurchquälen muss. Und noch etwas, Sie haben ja das letzte Gespräch nicht mithören können, aber ich kann Ihnen sagen, dass wir allen Grund haben, anzunehmen, dass die Sache gut ausgehen wird. Als nächstes werden wir versuchen, Ihre Mitarbeiterin herauszuholen. Mehr möchte ich Ihnen im Augenblick noch nicht sagen. Aber eines doch noch: Vielen Dank für Ihre Ruhe und Umsicht, die Sie bisher gezeigt haben."

Matthießen legte wortlos auf und teilte dem Räuber die Absichten der Polizei mit und dieser war damit einverstanden.

Oma Jensen stand auf. Innerlich freute sie sich natürlich riesig, dass diese Tortur für sie jetzt beendet war. Aber das durfte sie nach außen nicht zeigen; so vernünftig war sie. Doch sie kam nicht dazu, zur Tür zu gehen. Elke Mommsen warf sich mit ihrem ganzen Oberkörper auf sie, umklammerte sie mit beiden Armen und schrie erbärmlich:

„Nehmen Sie mich mit! Nehmen Sie mich mit!"

Erna gab es einen Stich durchs Herz. Die anderen schauten auf den Geiselgangster. Matthießen erinnerte sich an den letzten Teil des Gespräches mit Beckurt und nahm allen Mut zusammen:

„Ich weiß nicht, was Sie noch vorhaben mit uns, aber gleichgültig, was es auch sein mag, Sie haben doch noch uns Männer. Ich appelliere an Ihre Menschlichkeit: Lassen Sie doch meine Kassiererin auch frei!"

Auch die beiden anderen Männer im Raume standen auf und nickten heftig und die gute alte Rentnerin sorgte wieder für das I-Tüpfelchen:

„Ohne sie bleibe ich auch hier!"

So, nun war der Räuber am Zuge.

Es geschah etwas, womit sie alle nicht gerechnet hatten, der Ganove fing an zu lachen, nicht laut, aber doch vernehmbar.

„Okay, okay, das ist ja der reinste Aufstand."

Er steckte die Waffe wieder hinter seinen Gürtel.

„Sie können beide gehen, aber sagen Sie diesem Beckurt - ach was, sagen Sie ihm gar nichts."

Wortlos marschierte der Banker direkt zur Eingangstür. Für ihn selbst hatte sich nichts geändert, er würde der letzte sein, der von Bord ging.

Vorsichtig zog er die Gardine beiseite und sah schon die Umrisse einer Gestalt vor der Tür stehen. Die alte Frau drückte ihm seine Hand. Elke Mommsen schaute nach unten. Vermutlich schämte sie sich. Matthießen schloss auf.

Der Beamte draußen schaute etwas irritiert, es war ihm natürlich nur etwas von einer Person gesagt worden. Matthießen vermied jede Verzögerung, die beiden würden das schon geradebiegen. Er schloss wieder ab, zog den Vorhang zu, drehte sich um und atmete erst einmal tief durch.

*

Peter Mommsen wartete ungeduldig hinter der Absperrung und starrte gebannt auf die Eingangstür der Bank. Feller stand neben ihm.

Ihnen war von Beckurt mitgeteilt worden, dass zunächst die Rentnerin, aber nur wenig später auch seine Frau freigelassen werden sollte.

Er hatte Feller bedrängt, doch jetzt schon hier zu warten.

Der Beamte, der Oma Jensen abholen sollte, stand jetzt vor der Tür. Die Neugierigen verstummten. Blitzlichter der Presse und der Amateurfotografen hatten seinen Gang begleitet. Da, Mommsen sah, wie die Gardine hinter der Milchglasscheibe zur Seite gezogen wurde. Langsam öffnete sich die Tür. Heraus trat eine ältere Frau, zögerlich.

Mommsen wurde ganz nervös. Er überlegte, ob er schreien sollte. Er sah, wie die Frau ihren rechten Arm nach hinten streckte und jemand am Arm mit nach draußen zog. Mommsen rieb sich die Augen. Das durfte doch nicht wahr sein, das war seine Elke. Sie kam heraus, die linke Hand vor ihrem Gesicht.

Nun gab es für ihn kein Halten mehr. Feller glaubte zwar auch zu träumen, als er zwei Personen die Bank verlassen sah, aber bevor er eingreifen konnte, war Mommsen schon auf und davon. Dabei brüllte er:

„Elke! Meine Elke!“ Im nächsten Augenblick war er bei ihr und sie lagen sich in den Armen. Sie weinte ungehemmt.

Peter merkte plötzlich, wie sie so schwer wurde. Er fasste fest zu, sonst wäre sie durch seine Arme nach unten auf das Pflaster gerutscht.

Beide vergaßen ihre Umgebung und so erschrak er sehr, als sich eine Hand auf seine Schulter legte. Plötzlich wurde ihm bewusst, dass sie hier wie auf dem Präsentierteller standen und von allen begafft wurden.

Feller dachte noch einen Schritt weiter:

„Die Presse, Herr Mommsen und das Fernsehen."

Die Rentnerin war mit dem Kollegen in Zivil schon im Gedränge verschwunden.

Der clevere Schutzmann wusste, dass hinter der Absperrung ein Wagen bereit stand. Feller überlegte krampfhaft. Würde der Kollege warten?

Plötzlich hatte er die rettende Idee. Er wusste, dass auch hinter der Absperrung der Krankenwagen stationiert war - für alle Fälle. Dies war ein Notfall.

„Passen Sie auf, Herr Mommsen, bleiben Sie hier stehen. Ich werd' den Notarztwagen hierher beordern."

Mommsen nickte und sprach beruhigend auf seine Frau ein. Diese schluchzte nur. Feller bahnte sich den Weg durch die Menge und sah gerade noch, wie der Wagen mit der Frau Jensen losfuhr. Wahrscheinlich hatte sich der Kollege vor den Fragen und Blitzlichtern nicht mehr retten können. Schon war er beim Krankenwagen angelangt.

„Wir haben noch eine kranke Frau aus der Bank zusätzlich herausbekommen und ich möchte nicht, dass sie sich mit ihrem Mann durch die Menge quälen muss."

Der Fahrer hatte die Lage schnell erfasst. Während Feller vor dem Wagen herging und den Weg bahnte, blieb er ihm dicht auf den Fersen. Alles Weitere war dann nur noch Routine.

Feller selbst fuhr nicht mit ins Krankenhaus. Er musste den Boss von der zweiten Geiselfreilassung informieren. Ihm war wichtig, keinen Fehler mehr zu machen. Unterwegs entschloss er sich, das alles lieber dem Beckurt mitzuteilen. Der würde ihn schon verstehen und so war es auch. Der Oberkommissar klopfte ihm anerkennend auf die Schulter.

„Das war eine sehr gute Entscheidung, die Sie da getroffen haben."

„War denn das nun unbedingt nötig?" maulte hinter ihm auf dem Flur plötzlich der SEK-Leiter Bertram dazwischen.

„Schließlich brauchen wir noch dringend Informationen von den Opfern."

„Keine Angst, Herr Kollege, Sie kommen noch zu Ihrem Recht."

Beckurt ließ einen vor sich hin brummelnden SEK-Boss zurück.

*

„Vielen Dank, dass Sie mich hierher gefahren haben.“

Erna Jensen bedankte sich und stieg aus. Sie nahm die ersten Stufen zum Eingang des Krankenhauses, da vernahm sie neben sich die Stimme des Polizeibeamten.

„Ich soll bei Ihnen bleiben und Sie nachher zur Station bringen, Sie wissen doch Frau Jensen, wir möchten doch gern einiges von Ihnen wissen.“

Zum ersten Mal reagierte die Rentnerin verärgert.

„Ich denke, man hat mich aus der Bank geholt, damit ich mich um meinen Mann kümmern kann und nun habe ich ihn noch nicht einmal gesehen und schon werden Sie ungeduldig, junger Mann. Alles zu seiner Zeit!“

Ohne auf eine Antwort zu warten, drehte sie sich um und ging weiter. Der Beamte war so verdattert, dass er für einige Augenblicke sprachlos war. Bevor er sich erholt hatte, war die alte Dame schon im Eingang verschwunden.

Schulterzuckend drehte er sich um. Er würde hier auf sie warten. Ein Krankenwagen fuhr vor und Peter Mommsen half seiner Frau aus dem Auto.

„Wenn Ihre Frau mit der Untersuchung fertig ist, nehme ich Sie beide auch mit zur Dienststelle“, sprach er die beiden an.

Peter Mommsen nickte nur, denn er hatte sichtlich Mühe, seine völlig aufgelöste Frau zu stützen.

Erna Jensen schaute sich im Flur um. Auf der rechten Seite sah sie eine Flügeltür. Darüber stand in großen Lettern: 'Intensivstation'. Ob Heinrich dort lag? Rechts vor der Flügeltür war noch ein Raum. Auf dem Türschild war zu lesen: Stationsarzt. Die Tür war nur angelehnt. Sie wollte gerade klopfen, da kam ihr eine füllige Schwester entgegen.

„Verzeihung, mein Name ist Jensen. Wissen Sie, wo mein Mann hier bei Ihnen liegt?"

Die Schwester legte die Stirn in Falten:

„Keine Zeit, da kommt gleich der Arzt, den müssen Sie fragen."

Und schon war sie wieder verschwunden.

Die Rentnerin hatte in den letzten Stunden genügend Geduld bewiesen, doch jetzt war sie ziemlich am Ende angelangt.

„Ich muss den Arzt sprechen", kam es tonlos über ihre Lippen.

In diesem Moment kam ein in weiß gekleideter Mann von der Intensivstation. Erna machte zwei Schritte auf ihn zu.

„Ich heiße Jensen, wie steht es um meinen Mann, Heinrich Jensen?"

Ihre Augen hingen an seinem Gesicht.

Doch das Gesicht des Arztes blieb gleich bleibend freundlich.

„Frau Jensen, kommen Sie bitte mit in mein Zimmer."

Seine Stimme klang ruhig und er ging voraus.

„Ich möchte Sie auch gleich noch kurz

untersuchen. Ich habe gehört, dass Sie ja einige Stunden in der Bank eingesperrt waren."

Erna nickt nur. Innerlich dachte sie: Will er mich bewusst ablenken, steht es wirklich so schlecht mit meinem Heinrich?

„Bitte, nehmen Sie Platz."

Sie nahm alle Kraft zusammen:

„Herr Doktor, bitte, sagen Sie mir die Wahrheit. Was ist mit meinem Mann?"

„Also gut, Frau Jensen, ich kann Ihnen nicht verschweigen, dass es nicht so gut um Ihren Gatten steht. Nach den bisherigen Untersuchungen hat er einen schweren Hinterwandinfarkt erlitten und ist seit der Zeit noch nicht aus der Bewusstlosigkeit erwacht. Allerdings" und er legte eine Pause ein, „allerdings wissen wir aus Erfahrung, dass in solchen Fällen durchaus noch berechtigte Hoffnung besteht."

„Ich habe eine Bitte, kann ich den Chefarzt sprechen?"

Jetzt zog der Arzt die Augenbrauen hoch. Unwillen war auf seinem Gesicht zu lesen. Aha, dachte Erna bei sich, jetzt fühlt er sich auf den Schlips getreten, aber das ist mir egal, ich werde mich nicht mit einer billigen Ausrede abspeisen lassen.

„Der Chefarzt war vor einer halben Stunde hier und wir haben alle Fälle durchgesprochen, auch den Ihres Mannes. Glauben Sie mir, es wird alles für ihn getan."

Er war um Freundlichkeit in seiner Stimme bemüht.

„Trotzdem, ich möchte ihn gern sprechen, das müssen Sie doch verstehen.“

Entschlossen schaute sie den Arzt an.

Dessen Haltung versteifte sich zusehends.

„Ich werde Sie anmelden“, erwiderte er mit eisiger Stimme.

„Sie können sich wieder anziehen.“

Der Stationsarzt hatte gerade seine Untersuchungen abgeschlossen. Elke war zwar immer noch übel und sie war auch noch recht kraftlos, aber irgendwie fühlte sie doch, wie eine ungeheuere Last von ihr gewichen war. Ihr Peter war an ihrer Seite und das war ihr das Wichtigste.

„Organisch kann ich bei Ihnen nichts feststellen“, hörte sie den jungen Arzt sprechen.

„So, wie Sie mir Ihre Beschwerden schilderten, müssten Sie eigentlich einem Psychiater vorgestellt werden. Doch den haben wir hier nicht. Notfalls müssten wir Sie nach Flensburg fliegen.“

Fragend schaute er sie an. Sie blickte zu Peter und der hob die Schultern.

„Liebling, es wäre vielleicht gar nicht schlecht, wenn du da für ein, zwei Tage zur Beobachtung wärest.“

Er sah die ungeheuren Strapazen der letzten Stunden. Elke schüttelte den Kopf.

„Ich möchte nicht, Peter. Du bist doch bei mir und meine Medikamente habe ich auch. Ich kann doch die Dosis ein wenig erhöhen, nicht wahr?“

Die letzte Frage war an den Arzt gerichtet. Er nickte.

„Nehmen Sie eine halbe Tablette mehr und erhöhen sie die Tropfen auf 25, dann kann eigentlich nichts passieren, aber wie gesagt, ich bin kein Psychiater. Ich entlasse Sie auch nur in eigener Verantwortung."

Doch Elke war fest entschlossen. Sie wollte jetzt unbedingt nach Hause und außerdem hatte sie noch etwas zu erledigen.

„Es tut mir Leid, ich kann Ihnen im Augenblick auch nichts anderes sagen."

Der Chefarzt stand auf und deutete damit an, dass er das Gespräch für beendet hielt. Auch Erna Jensen erhob sich und verließ nach einem knappen Händedruck grußlos den Raum.

Sie ging auf einen Pfleger zu.

„Darf ich meinen Mann, Heinrich Jensen sehen?"

Dieser nickte. Erna Jensen musste sich einen blaugrauen Kittel, ein paar Überschuhe aus Leinen und einen Mundschutz anlegen.

Ihr Herz schlug schneller, als sie mit ihm an mehreren Betten vorbeiging, die alle nur durch eine 'spanische Wand' voneinander getrennt waren.

Unvermittelt blieb der Pfleger vor einem Bett stehen. Sie traute sich kaum, hoch zu schauen, aber dann tat sie es doch. Da lag er, ihr Heinrich, blass mit geschlossenen Augen und an mehreren Schläuchen angeschlossen.

Vorsichtig trat sie etwas näher und ihre rechte Hand glitt langsam über das Laken, bis sie seine rechte auf dem Bettdeck liegende Hand erfasste. Ganz behutsam streichelte sie seine Finger, sie fühlten sich kalt an.

Ihr Herz zog sich zusammen. Lieber Gott, nimm mir meinen lieben Heinrich nicht weg, bitte lieber Gott, betete sie stumm.

Ganz sachte zog sie ihre Hand wieder zurück und tat einige Schritte nach hinten. Tränen standen in ihren Augen. Tapfer ging sie den ganzen Weg zurück und legte die Schutzkleidung wieder ab.

„So, nun ist genug geweint! Dadurch wird Heinrich auch nicht wieder gesund. Ich glaube, die Polizei will noch etwas von mir.“

Sie sprach laut und der Pfleger schaute etwas irritiert. An sich selbst dachte sie gar nicht. Die Geiselhaft hatte sie innerlich bereits abgeschüttelt.

An der Außentreppe sprach sie jemand an.

„Gut, dass Sie da sind, Frau Jensen. Frau Mommsen ist mit ihrem Mann gerade bei mir eingestiegen. Darf ich Sie bitten, mitzukommen? Sie wissen ja, wir haben noch einige Fragen.“

Es war der Polizist, der so lange vor dem Krankenhaus gewartet hatte.

Erna Jensen nickte nur und stieg ein. Sie war plötzlich so müde und drehte sich auch nicht nach hinten um. Elke und Peter Mommsen hatten einfach Angst, sie anzusprechen.

Es wurde eine schweigsame Fahrt.

„Ist das wirklich alles?"

Hauptkommissar Bertram war misstrauisch.

Elke Mommsen schüttelte den Kopf und schaute Peter an. Sie war ziemlich schweigsam gewesen. Sicherlich, zur Örtlichkeit in der Bank hatte sie natürlich was sagen können, aber sobald die Fragen den Täter berührten, war sie sehr zurükkhaltend gewesen.

Auch Beckurt, der sich etwas im Hintergrund gehalten hatte, war darüber enttäuscht. Ihn interessierte natürlich brennend, wie sie zum Beispiel seine Gefährlichkeit einschätzte. Doch mehr als nur ein Schulterzucken war ihr nicht zu entlokken. Sie hätte einfach nur große Angst gehabt, betonte sie immer wieder.

Der Verhandler wurde das unbestimmte Gefühl nicht los, dass sie irgendwas über den Täter verschwieg. Er musste unbedingt dahinter kommen, sah aber im Augenblick keine Chance.

„Ja, dann sind Sie entlassen - vorläufig. Ich muss Sie bitten, sich auch weiterhin für Fragen zur Verfügung zu halten!"

Die Verabschiedung fiel recht kühl aus und die Hoffnungen der beiden Spezialisten waren jetzt ganz auf Erna Jensen gerichtet, die draußen geduldig wartete.

„Nur noch eine Frage und dann sollten Sie sich wirklich untersuchen lassen“, beugte sich Beckurt sorgenvoll nach vorn.

„Was halten Sie von dem Menschen und wie gefährlich ist er nach Ihrer Meinung?“

Bertram neben ihm war ebenfalls gespannt. Erna Jensen hatte eine tolle Leistung vollbracht. Trotz ihres Alters und der schweren Belastung mit ihrem todkranken Mann hatte sie auf alle Fragen präzise und nach bestem Gewissen geantwortet. Dabei war sie nicht leichtfertig gewesen.

„Ich will es gern noch verdeutlichen“, fuhr Beckurt fort, als er merkte, dass sie nachdachte.

„Ich sagte ihm im letzten Telefonat auf den Kopf zu, dass ich ihn nicht für den professionellen Geiselgangster halte, sondern für jemanden, der das Geld dringend bräuchte und - er hatte mir darin zugestimmt.“

„Ich meine“, begann sie vorsichtig, „dass Sie damit ganz richtig liegen. Am Anfang hatte ich schon das Gefühl, dass er ein brutaler Mensch ist, aber schon eine halbe Stunde später war seine Ausdrucksweise plötzlich ganz anders geworden, so, so gebildet. Ich kann mir nicht helfen, aber ich meine, dass er etwas mit Medizin zu tun hat.“

„Mit Medizin?“

„Ja, Herr Beckurt. er hatte sich die Medikamente dieser kranken Kassiererin so fachkundig studiert. Nein, nein, wissen Sie, ich spür’ das so als alte Frau, der hätte uns nichts getan“, schloss sie ihre Gedanken.

Die beiden Polizisten hatten interessiert zugehört.

„Ach ja, noch ein Bitte, ich habe da schon einiges in der Zeitung gelesen, dass, wenn die Polizei so eine Bank stürmt, dass dabei auch Menschen zu Tode kommen. Bitte, tun Sie das nicht. Es würde mir sehr, sehr Leid tun um diesen jungen Menschen."

Es war still geworden im Raum. Mit einem kurzen Seitenblick auf Bertram nickte der Verhandler.

„Sie können sicher sein, dass wir diese Bitte ernst nehmen, Frau Jensen."

Beckurt erhob sich.

„Sie haben uns sehr geholfen."

Auch Erna Jensen war aufgestanden. Bec-kurt hob mahnend den Finger.

„Jetzt sind Sie aber dran! Bitte keinen Widerspruch! Sie lassen sich jetzt im Krankenhaus untersuchen. Am besten wird es sein, wenn Sie dort auch für eine Nacht verbleiben, damit Sie Ihrem Mann, wenn er sich wieder erholt hat, ausgeruht begegnen können."

Mit Absicht hatte er den kritischen Zustand ihres Mannes heruntergespielt. Er wollte keine neuen Wunden aufreißen.

„Ich besorge Ihnen jetzt einen Wagen; ein Kollege wird Sie hinfahren und ich werde noch einmal mit dem Chefarzt sprechen."

Erna Jensen wollte erst aufbegehren, aber das entschiedene Auftreten des Oberkommissars hielt sie davon ab. Es dauerte nur ein paar Sekunden, da erschien ein uniformierter Polizist, den sie vom Sehen kannte.

„Feller mein Name, bitte, Frau Jensen, steigen Sie ein.“

Verwundert, aber auch angenehm überrascht über die freundliche Art stieg sie ins Auto und ließ sich zum zweiten Mal an diesem Tage ins Krankenhaus fahren und sofort waren ihre Gedanken wieder bei ihrem Heinrich.

*

Sie wusste nicht mehr, wie lange sie gebraucht hatte, um auf allen Vieren zurück zu ihrem Bett zu kriechen. Und dann ins Bett zu kommen! Irgendwie hatte sie es geschafft und jetzt lag sie da, völlig erschöpft. Zum Glück hatte sie sich bei dem Sturz nicht ernsthaft verletzt. Sie schalt sich selbst, dass sie diesen langen Weg in den Flur gewagt hatte. Für ihre Bedürfnisse stand ihr ein Toilettenstuhl zur Verfügung und zweimal täglich, wenn ihr Sohn nicht da war, kam die Gemeindeschwester, um ihn zu leeren und auch sonst nach dem Rechten zu sehen.

Das Telefon. Wahrscheinlich war es jetzt kaputt. Vielleicht klappte es ja jetzt mit dem Schnurlosen. Irgendwann würde er ja zurükkommen, ihr Sohn. Irgendwann und woher? Sofort kreisten wieder ihre Gedanken. Der Revolver. Was wollte er mit dem? Ihr Gefühl als Mutter signalisierte nichts Gutes. Doch sie konnte nichts greifen. Und genau darüber wollte sie mit der jungen Frau von der Bank sprechen. Nicht, dass sie ihren Sohn näher kannte. Gewiss, er hatte in der letzten Zeit für sie das Geld von der Bank geholt und einige Male hatte er sie dabei auch begleitet, aber deshalb würde sie nicht ihre Frage beantworten können, warum er diesen verdammten Revolver an sich genommen hatte und vor allem wofür. Nein, sie wollte einfach mit jemanden über ihre nebulösen Gefühle sprechen, weil sie wusste, dass die Bankangestellte so feinfühlig war und gut zuhören konnte. Natürlich hätte sie sich gewünscht, dass sich in diesem Gespräch ihre Befürchtungen in ein Nichts aufgelöst hätten, aber dazu würde es ja jetzt nicht mehr kommen können – ohne Telefon.

*

Klaus Matthießen war erleichtert. Seine Kassiererin und auch die alte Frau waren frei und so hatte er Zeit, über seine eigene Situation nachzudenken. Er musste an seine Frau denken. Natürlich wusste er sie bei ihren Freunden gut aufgehoben, aber dennoch, er kannte seine Irene. Sie war ein feinfühliger Mensch. Sie würde sehr leiden. Um sich machte er sich gar keine Sorgen. Er war überzeugt, dass die ganze Sache ohne Blutvergießen ausgehen würde. Aber sie musste mit der Schreckensnachricht leben. Telefonieren, richtig, das war die Idee. Er schaute auf den Räuber. Der saß auf seinem Stuhl neben dem Eingang zum Büro, den Oberkörper ebenso nach vorn gebeugt und die Arme verschränkt. Er schien zu überlegen.

Matthießen dachte aber nicht nur an sich, als er den Ganoven einfach ansprach:

„Darf ich Sie etwas fragen?"

Alle schauten ihn an, nur der Täter nicht, der stierte weiter nach unten. Betretenes Schweigen.

„Dürfen wir mit unseren Angehörigen sprechen?"

Ganz langsam kam der Bewacher mit dem Oberkörper hoch.

„Sie haben noch den Schlüssel für die Eingangstür", entgegnete er leise und streckte seine rechte Hand aus.

Matthießen hatte sofort verstanden und händigte den Schlüssel aus, blieb aber hartnäckig.

„Wären Sie damit einverstanden?"

„Ich möchte mich diesem Vorschlag anschließen."

Das war Karl Padow. Nur Hans blieb zunächst ruhig auf seinem Sessel sitzen, ihn schien das nicht zu interessieren oder doch? Plötzlich begann auch er, unruhig auf seinem Sitz hin und her zu rutschen.

„Ich würde auch gern wissen, wie es meinem Kumpel geht."

„Ich hab' da vorher noch ein Problem", begann der Räuber abgehackt. „Ich - ich müsste mal wohin."

So spricht doch kein Schwerverbrecher, registrierte der Filialleiter.

„Ich mache Ihnen folgenden Vorschlag. Sie bekommen von mir den Schlüssel für den Materialraum dort hinten. Da gibt es kein Fenster und kein Telefon."

Der Täter überlegte angestrengt und schaute sich im Raum um. Der Banker trat vor die Tür zum Materialraum, öffnete diese, zog den innen steckenden Schlüssel ab und ging damit auf den Räuber zu. Dieser hatte bis zu dem Augenblick nicht ein Wort gesprochen, nicht protestiert, sondern ihn nur aufmerksam beobachtet. Zögernd nahm er Matthießen den hingehaltenen Schlüssel ab und bedeutete seinen beiden Leidensgenossener mit einem kurzen Wink zu kommen. Nur wenige Augenblicke später schloss der Räuber die Tür von außen ab. Alle drei sahen ihn dann durch die Glastür im Waschraum der Toilette verschwinden.

Es dauerte ein paar Sekunden, bis sie begriffen hatten, dass sie jetzt ungestört miteinander reden konnten.

„Kommen wir hier heraus?"

Karl Padow stellte diese Frage, ruhig und ohne Emotionen.

Matthießen schüttelte den Kopf.

„Ausgeschlossen. Die Tür ist sehr massiv, das Glas auch. Ohne Krach ginge es also nicht ab. Und ich habe keinen Reserveschlüssel, falls Sie das meinen, den hat meine Kassiererin. Wir sollten uns lieber darüber unterhalten, was wir sonst noch tun können, ich meine in den nächsten Stunden. Ich denke da zum Beispiel an eine Überlistung oder so."

„Ich bin zwar bei der Polizei", fing Padow an und die Leidensgenossen schauten ihn erstaunt an.

„Ja, ja, meine Herren, es ist so. Aber ich arbeite in der Verwaltung und kenne mich in Kampftechniken überhaupt nicht aus", fügte er lächelnd hinzu.

„Eigentlich schade", meinte Hans schmunzelnd. „Aber auch ich habe nicht den Mut, ihm an den Kragen zu gehen, immerhin hat er eine scharfe Knarre."

Matthießen nickte.

„Mir geht es nicht anders. Wie wäre es wenn..."

Er schaute zur Tür.

„Achtung er kommt zurück."

Und schon schloss der Täter die Tür wieder auf.

Wenig später saßen wieder alle auf ihren alten Plätzen.

Eigentlich müsste sich die Polizei auch wieder mal melden, dachte der Banker bei sich. Beckurt hatte sich zwar nach der Freilassung der beiden Damen bedankt, aber auch durchblicken lassen, dass er nach deren Befragung auf ihn zukommen wollte. Nun war es schon kurz nach zwanzig Uhr und außerdem knurrte ihm der Magen und wahrscheinlich nicht nur ihm.

„Sie können jetzt telefonieren“, unterbrach ihn der Gangster in seinen Gedanken.

Matthießen war sogar ein wenig überrascht, so schnell hatte er nicht damit gerechnet. Er ließ seinen Leidensgenossen den Vortritt. Padow schaute den Landstreicher an und dieser wehrte ab.

„Ich bin der letzte; außerdem hat mein Kumpel kein Telefon.“

Karl Padow erhob sich langsam und ging auf den Apparat zu, da begann dieser zu läuten.

*

Polizeiführer Koch schaute seine Mitarbeiter an. Sie erwarteten von ihm eine Entscheidung, die er gar nicht parat hatte. Er schwankte zwischen Verhandlungslösung und Zugriff. Aber seine Herren waren sich selbst nicht einig.

„Ich halte einen Zugriff in der jetzigen Situation für völlig verfrüht und auch unangemessen“, warf Beckurt in die Debatte.

„Sie wollen ja nur als edler Ritter in die Geschichte eingehen!“ reagierte Bertram scharfzüngig.

„Aber meine Herren, so kommen wir doch nicht weiter!“ versuchte Koch, die beiden Streithähne auseinander zubringen.

„Ich habe mich entschieden."

Es klang richtig feierlich und alle schauten ihren Boss an.

„Ich setze auf Ihre Verhandlungen und wenn es die ganze Nacht dauern sollte. Begründung: Gewaltaktionen sind nicht zu erwarten und Sie, Herr Bertram, haben selbst ein Restrisiko für die Opfer bei einem Zugriff nicht ausgeschlossen. Sonst noch irgendwelche Fragen?"

Donnerwetter, stellte der Verhandler zufrieden fest, mehr konnte ich ja gar nicht erwarten.

„Wir werden in diesem Sinne weiterverhandeln."

Bertram machte ein saures Gesicht und sagte gar nichts. Er schlurfte schwerfällig durch die Tür und knallte sie recht unsanft ins Schloss.

Koch lehnte sich in seinem Bürosessel zurück und überdachte seine mutige Entscheidung. Und sofort kamen ihm wieder Zweifel.

Martens musste wohl seine Gedanken erraten haben, denn er warf ein:

„Ich hätte auch so entschieden, Chef."

Dankbar schaute Koch seinen engsten Mitarbeiter an.

Beckurts Truppe nahm die Entscheidung des Chefs ernst. Sie wollten sich mächtig ins Zeug legen und begannen eine hitzige Diskussion über die künftige Strategie.

„Und vergiss nicht diesen Kumpel von dem Landstreicher..."

„Du meinst, den Hans, nein, nein, den hab' ich drauf."

Es war soweit. Der Verhandler griff zum Hörer und wählte die Nummer der Bank.

„Matthießen."

„Beckurt. Gut, dass Sie dran sind, Ihre Angehörigen..."

„Wir wollten gerade mit denen sprechen. Wir haben die Erlaubnis erhalten, sie anzurufen", unterbrach der Filialleiter ihn.

„Ah ja, das ist sehr gut, dann dazu nur noch eines. Bei Ihnen ist doch so, na sagen wir mal so ein Wandergeselle mit Vornamen Hans?"

„Ja."

„Gut. Richten Sie ihm doch bitte aus, dass sein Kumpel Paul bei uns war und von uns versorgt wird und dann noch etwas: Ich denke, Sie brauchen alle etwas zu essen. Fragen Sie doch den Täter, ach was, am besten ist, Sie geben ihn mir selbst."

„Ich werde es versuchen, einen Augenblick bitte."

Pause.

„Ja."

„Ja, hier Beckurt, ich könnte mir vorstellen, dass Sie Hunger haben werden und..."

„Deswegen wollen Sie mit mir sprechen. Ich habe eine ganz andere Frage: Wo bleibt mein Geld?"

Natürlich hatte Beckurt damit gerechnet.

„Wir stehen da im Augenblick etwas auf dem Schlauch, wir warten auf das ministerielle Okay."

Er hörte auf, aber der Ganove schwieg.

„Und da gibt es im Augenblick ein paar Schwierigkeiten, weil der zuständige Mann...“

„Sie wollen mir erzählen, dass nur ein Mann dafür zuständig ist.“

Aber auch darauf hatte sich der Oberkommissar eingestellt.

„Nein, natürlich nicht, aber der Vertreter kommt erst gegen 22.00 Uhr von einer Dienstreise zurück und ich fürchte, dass Sie noch solange Geduld aufbringen müssen.“

Schweigen auf beiden Seiten.

„Ich habe Zeit und wenn wir alle hier übernachten müssen“, überraschte ihn der Täter plötzlich mit auffallend ruhiger Stimme.

„Ich würde zwischenzeitlich noch ein paar andere Dinge mit Ihnen besprechen.“

„Als da wären?“

„Nun, ich meine, dass wir über Sie sprechen sollten. Ich hatte Ihnen bei unserem letzten Telefonat etwas gesagt und Sie hatten nicht ausdrücklich dementiert. Ich meine, dort sollten wir anknüpfen.“

„Ich meine. Ich meine! Hören Sie auf! Sie wollten uns doch etwas zu essen bringen, nicht wahr!? Ich gebe Ihnen jetzt den Filialleiter und mit dem können Sie alles Weitere besprechen.“

Schade, dachte Beckurt, war sich aber sicher, die Schwachstelle getroffen zu haben.

„Ja bitte“, meldete sich wieder Klaus Matthießen. Beckurt kam eine Idee.

„Ich habe eben versucht, mit ihm über eine Aufgabe zu sprechen. Herr Matthießen, Sie sind doch bisher gut mit ihm ausgekommen. Wie wäre es, wenn wir zusammenarbeiteten?“

Pause.

„Sie wollen uns also das Essen bringen?“ spielte Matthießen mit.

„Okay, ich habe verstanden. Sie können ja mal darüber nachdenken. Besprechen Sie doch bitte, wer was haben möchte, wir werden es besorgen und vor die Tür legen.“

„Ja, ich melde mich wieder“, war die knappe Antwort und dann machte es ‘klick’ in der Leitung.

*

„Ich bin so froh, dass ich bei Dir bin.“

Elke Mommsen schmiegte sich an Peter. Er streichelte zärtlich ihre Haare.

Sie hatte ihm alles erzählt und er hatte einfach nur zugehört.

„Ich fühle mich jetzt schon viel besser“, flüsterte sie und kuschelte sich noch enger an ihn.

„Aber etwas weißt du doch noch nicht.“

Er horchte auf.

„Na, was hast du mir denn noch nicht gebeichtet?“ meinte er schmunzelnd.

Sie holte tief Luft:

„Ich glaube, ich weiß, wer der Täter ist!“

Das saß! Er fasste sie an den Armen.

„Sag' das noch einmal!"

„Ja, du hast richtig gehört: Ich glaube, ich weiß, wer der Täter ist!" wiederholte sie fast genießerisch.

Peter war immer noch fassungslos.

„Das musst du mir näher erklären."

Doch Elke Mommsen schüttelte energisch den Kopf.

*

„Es wird wohl das Beste sein, wenn Sie eine Nacht bei uns bleiben, Frau Jensen. Organisch ist zwar alles in Ordnung, aber ich meine, Ihre Psyche hat Erholung dringend nötig. Wenn Sie einverstanden sind, lasse ich Ihnen ein Einzelzimmer fertig machen und ein paar Stärkungsmittel verabreichen."

Der Chefarzt war die Freundlichkeit in Person. Schau mal an, dachte die Rentnerin bei sich, was so ein Anruf ausmachen kann. Laut sagte sie:

„Einverstanden, Herr Professor, aber nur bis morgen früh."

„Auch einverstanden. Und was Ihren Mann angeht, kann ich Ihnen übrigens Hoffnung machen. Ich habe mir Ihren Gatten vor etwa einer halben Stunde nochmals angeschaut. Es gibt Anzeichen der Stabilisierung."

Ihre Augen begannen zu leuchten.

„Das tut gut. Herzlichen Dank, Herr Professor", verabschiedete sie sich.

Draußen überreichte ihr die Vorzimmerdame einen Zettel, auf dem stand, bei welcher Station sie sich zu melden hatte.

„Darf ich vorher noch mal zu meinem Mann?“

„Aber selbstverständlich. Da kommt gerade der Pfleger.“

„Na, Frau Jensen, Sie kennen den Weg ja schon.“

„Danke.“

Wenig später stand sie am Fußende des Bettes ihres Mannes und schaute ihn an. Er schlief.

Erna Jensen war dankbar. Lautlos kullerten die Tränen über ihre Wangen. Jetzt konnte sie beruhigt einschlafen. Sie wandte sich ab und suchte ihr Zimmer auf.

Nach wenigen Minuten fiel sie in einen Tiefschlaf. Die kontrollierende Nachtschwester verließ das Krankenzimmer auf Zehenspitzen.

*

Matthießen faltete das Butterbrotpapier zusammen. Er hatte mit seiner Irene sprechen können. Tausend Fragen waren auf ihn eingeprasselt und er glaubte, sie beruhigt zu haben.

Karl Padows Frau soll nach seinen Worten vor Freude ganz aus dem Häuschen gewesen sein.

Auch Hans hatte sich zufrieden zurückgelehnt, als er von seinem alten Weggefährten erfuhr.

Ja und sie hatten alle gegessen, auch ihr Bewacher, obwohl das wegen der Maske nicht ganz einfach war. Er durfte ja nicht sein Gesicht zu zeigen. Jetzt saß er wieder im Büro, die Waffe locker im Hosengürtel.

Der Banker war mit sich zwischendurch ins Gericht gegangen und darin kam auch das Wort ‚Feigling' vor. Denn gemeinsam hätten sie mehr als eine Chance gehabt, ihn zu überrumpeln.

Aber ihnen fehlte einfach der Schneid. Ihm fielen Beckurts Worte wieder ein. Aber er wusste nicht, wie er das anstellen sollte. Er konnte doch nicht hingehen und sagen, ‚Bester Mann nun geben Sie doch auf.'

Es war nur noch eine gute Stunde bis Mitternacht. Wie sollte es überhaupt weitergehen? Wo wollte der Mensch denn hin? Matthießen sah kein Entrinnen hier auf der Insel. Sie hatten also Zeit, viel Zeit. In die Stille platzte der Ganove hinein:

„Rufen Sie diesen Beckurt an und fragen Sie nach dem Geld!"

Alle fuhren erschrocken hoch. Matthießen wusste genau, dass er gemeint war, deshalb wagte er den Vorstoß:

„Ich weiß nicht, was Sie noch vorhaben, aber ich möchte nicht in Ihrer Haut stecken!"

Er ließ den Räuber dabei nicht aus den Augen. Er fühlte auch, dass seine beiden Leidensgenossen ihn anschauten.

„Ich weiß gar nicht, warum Sie sich meinen Kopf zerbrechen", reagierte er kühl. Aber es klang gar nicht mürrisch, eher etwas verlegen, fand der Banker.

„Nun, Sie haben sicherlich eine Vorstellung und wir wünschen uns auch, dass die Sache bald ein Ende hat. Gewissermaßen sitzen wir doch in einem Boot, nur ich meine, dieses Boot ist nicht schwimmfähig. Ich hoffe, Sie verstehen mich nicht falsch.“

Er hielt inne, aber alle schwiegen.

„Ich meine, wir sollten uns gemeinsam, ich wiederhole, gemeinsam darüber unterhalten, wie es weitergehen soll. Ich werde das Gefühl nicht los, dass Sie das selbst noch nicht genau wissen.“

„Ich muss hier raus! Die Polizei hat mich überrumpelt. Irgendwas fällt mir schon ein.“

Hans sprang auf.

„Mensch, lassen Sie doch den Quatsch!“

Prima, dachte Matthießen gerade, da meldete sich auch Karl Padow zu Wort.

„Soll ich mit der Polizei reden?“

Na also, das wäre doch gelacht, war der Banker zufrieden. Gemeinsam hatten sie eine Chance.

„Schluss jetzt! Aufgeben kommt überhaupt nicht infrage. Das wäre mein Ende. Rufen Sie an und fragen Sie nach dem Geld!“

Matthießen erkannte, dass er sich in die Enge gedrückt fühlte. Er ging deshalb zum Telefon und wählte die Nummer der Polizei, da zuckte er zusammen:

Er sah durch die Milchglasscheibe der Eingangstür mehrere Gestalten am Fenster vorbeihuschen.

*

Elke nickte

„Danke Peter", flüsterte sie und griff mit ihrer Hand zum Telefonhörer. Sie hatte ihn schon abgenommen und wollte mit dem Finger die erste Zahl wählen, da schrie Peter dazwischen:

„Hör' auf, es geht nicht!!"

Völlig verdattert ließ sie den Hörer wieder auf die Gabel zurückgleiten. In der letzten halben Stunde hatten sie beide heiß diskutiert und immer wieder wollte Peter ihr entlocken, warum sie zu wissen glaubte, wer sich hinter der Maske verbarg. Doch sie war beharrlich geblieben und hatte ihren Gedanken für sich behalten. Warum? Sie hatte Angst, dass Peter sie zwingen würde, ihren Verdacht der Polizei zu melden und zwar unverzüglich. Und das wollte sie auf keinen Fall. Der einzige Name, der ihr in der Diskussion herausgerutscht war, war der von Frau Hansen aus Wrixum. Doch als sie Peters neugierige Blicke erkannte, hatte sie sofort aufgehört, weiterzusprechen.

„Ich habe mir schon meine Gedanken gemacht", hatte sie ihrem Mann zur Antwort gegeben, als er sie allzu sehr bedrängte, den Namen Preis zu geben.

„Ich möchte nicht, dass die Polizei die Bank stürmt und ihn dabei vielleicht noch schwer verletzt oder gar tötet. Du weißt ganz genau, was wir darüber schon in den Zeitungen gelesen haben. Die sind doch zu allem fähig."

„Ja, aber..."

„Kein Aber, Peter! Ich habe da schon einen Plan, um herauszufinden, ob ich überhaupt richtig liege mit meinen Vermutungen. Wenn ich in der Bank anrufe und selbst mit ihm spreche, dann würde ich ihm das auf den Kopf zusagen“, hatte sie ihren Faden weiter gesponnen.

„Und wenn nun jemand anders am Telefon ist?“ hatte er entgegengehalten.

„Na, dann lege ich einfach auf“, war ihre verblüffend einfache Antwort gewesen.

Und er war nachdenklich geworden. Ja, sie hatte Recht, das könnte ihn zur Aufgabe bewegen.

„Ich glaube, da ist dir etwas Gutes eingefallen, mein Schatz. Wir sollten jetzt ganz genau besprechen. Wir dürfen keinen Fehler machen“, war sein Lob an sie gewesen und sie hatte ihn stürmisch umarmt und geküsst. Gemeinsam waren sie alle Details durchgegangen und dann hatte Peter zustimmend gemeint: „Es ist jetzt gleich Mitternacht. Die Polizei hätte uns ja angerufen, wenn etwas Entscheidendes passiert wäre. Ich meine, du kannst es einmal wagen.“

Und nun sein Aufschrei.

„Peter, was ist denn?“

„Liebes, es geht nicht, dass du mit der Bank telefonierst.“

„Warum nicht? Nun red’ doch schon!“

„Ich habe in irgendeinem Heft, ich weiß nicht mehr in welchem, gelesen, dass die Polizei die Leitung anzapfen kann. Das bedeutet, dass sie genau mithören können, wenn jemand in der Bank anruft, verstehst du jetzt?“

Elke begriff sofort und war tief traurig.

„So ein verdammter Mist!“

„Sei’ nicht so enttäuscht, mein Schatz. Viel wichtiger ist jetzt, einen Weg zu finden, wie wir den Armen in der Bank helfen können.“

Doch Elke war der Boden unter den Füßen weggerissen worden. Der Stimmungswechsel erfasste sie vollends. Sie saß zusammengekauert auf der Couch und stierte vor sich hin. Peter kannte solche Umschwünge in ihrem Seelenleben zur Genüge. Tröstend legte er seine Hände auf ihre Schultern. Sie schüttelte sie ab.

„Lass’ mich in Ruhe, es hat doch alles keinen Zweck mehr. Alles, was ich anfange, geht schief. Ich geh’ ins Bett.“

„Liebes“, versuchte er es noch einmal, „meinst du nicht doch, dass wir zu Polizei gehen sollten? Soll ich mit denen...“

„Wenn du das tust, dann, dann...“

Sie fand keine passenden Worte.

Auch er war mit seinem Latein am Ende. Er folgte seiner Frau ins Schlafzimmer und half ihr beim Auskleiden. Sie war jetzt total erschöpft.

Peter legte sich neben sie. Die Gedanken schwirrten nur so in seinem Kopf. Die Menschen in der Bank, er mochte das gar nicht zu Ende denken. Das schlechte Gewissen ließ ihn kaum zur Ruhe kommen. Doch schließlich übermannte auch ihn die Müdigkeit.

*

„Was würden Sie mit einem Revolver anfangen?"

Die schmerzerfüllte Frau schaute die Gemeindeschwester hilfesuchend an. Diese war gerade am Abend in der Nachbarschaft gewesen und wusste natürlich, dass sie nicht nach dem Rechten schauen musste, weil der Sohn der Kranken während der Wintersemesterferien für alles sorgen würde. Und trotzdem hatte sie im Vorbeigehen bei ihr Halt gemacht. Welch ein Glück. Das Telefon war durch den Fall tatsächlich nicht mehr zu nutzen.

„Mit einem Revolver? Warum fragen Sie mich denn gerade so etwas?"

Die Gemeindeschwester saß für einen Moment am Bett der Kranken und streichelte ihr über die Wange.

„Ich bin nicht verrückt im Kopf", erahnte die Bettlägerige wohl die Gedanken der Schwester.

„Es ist nur so..." und dann erzählte die alte Frau alles, was sie an quälenden Gedanken beschäftigte.

„Und nun frage ich Sie noch einmal: Was will mein Sohn mit einem Revolver?" fragte sie am Schluss ihrer Sorgen noch einmal.

„Vielleicht will er ja wirklich einem Schützenverein beitreten", versuchte die Gemeindeschwester, sie zu beruhigen.

„Ach was, das glaub' ich auf keinen Fall!", gab die Kranke zurück, ziemlich energisch sogar.

„Ja, dann bleibt ja nur noch eine Möglichkeit", meinte die Schwester augenzwinkernd und leicht ironisch, „Und das ist jetzt wirklich ein Scherz, aber ich glaube, das ist kein guter."

Sie verstummte.

„Nun raus damit. Sie wissen doch, ich habe doch sonst so wenig zu lachen! Und was sagen Sie immer als Erstes, wenn Sie mich besuchen? Heute schon gelacht? Also?"

„Na gut. Vielleicht brauchte Ihr Sohn Geld und hat sich das besorgt, auf seine Art...".

Sorgsam behielt die Gemeindeschwester die Kranke im Auge, doch das war unnötig, denn sie begann ganz spontan zu lachen.

„Sehen Sie. Nun haben Sie es wieder geschafft, mich zum Lachen zu bringen. Aber sagen Sie mal, wie ist Ihnen denn das so schnell eingefallen?"

Die Schwester sah sich im Raume um. „Haben Sie heute schon mal Nachrichten gehört oder das Fernsehen angehabt?"

Die Kranke schüttelte den Kopf.

„Heute war mir noch nicht danach."

„Dann wissen Sie also gar nicht, dass die Inselbank überfallen wurde und dass der Räuber auch jetzt noch mehrere Menschen in seiner Gewalt hat?"

Der anfänglich erstaunte Gesichtsausdruck bei der kranken Frau wich nur Sekunden später einem starren Entsetzen.

*

Beckurt saß mit seinen Kollegen zusammen. Sie hatten sich jede Störung von außen verbeten und heiß diskutiert. Der Auftrag des Chefs war klar: Er favorisierte die Verhandlungslösung.

„Habt ihr noch eine andere Idee?“

Aus der Runde kam nur ein Kopfschütteln. Sie hatten wirklich alles durchgekaut, immer und immer wieder.

„Gut, lassen wir uns diese Chance nicht entgehen. Bevor der neue Tag anbricht, müssen die Geiseln frei sein. Die einzige Frage für mich ist die, ob wir ihm das Geld aushändigen sollen. Ihr wisst, dass der Alte uns da freie Hand gelassen hat. Was ist nun psychologisch geschickter, frage ich euch?“

Er schaute sie alle an und ein neuer Schlagabtausch begann, in den der Leiter des SEK hineinplatzte. Es passte ihm überhaupt nicht, dass dieser ‘Häkelbütelklub’, wie er die Verhandler auch gern boshaft nannte, jetzt das Heft voll in der Hand halten sollten. Er hätte es viel lieber gesehen, mit seinen ‘Jungens’ im Morgengrauen stürmen zu können. Gewiss, er wusste ganz genau, dass ein Zugriff nicht ganz ungefährlich war, aber ein Restrisiko gehörte zu seinem Job.

„Ich hab’ da mal ‘ne Frage“, begann er schleppend.

„Ja bitte, Herr Kollege“, reagierte Beckurt höflich und bot ihm einen Platz an.

Doch Bertram blieb in der Tür stehen, er hatte sie nicht mal ganz hinter sich geschlossen.

„Ich muss einen Notzugriff vorbereiten und dazu will ich meine Männer an der Bank umpostieren. Ich muss wissen, wo sich die Menschen dort aufhalten."

Es klang alles so gequält. Es musste ihm unheimlich schwer fallen, um eine Information zu bitten.

„Ich kann Ihnen nur damit dienen, was die beiden Frauen ausgesagt haben. Aber das wissen Sie auch."

Bertram war blamiert. Wie konnte er das nur vergessen haben. Er merkte, wie ihm die Röte in sein bulliges Gesicht stieg. Jetzt blieb ihm nur noch die Flucht nach vorn:

„Na klar weiß ich das; ich dachte nur, dass sich in den letzten Stunden etwas bewegt haben könnte."

Sprach's und verließ grußlos den Raum. Beckurt und seine Mannschaft konnten sich ein Grinsen nicht verkneifen, aber dann waren sie gleich wieder bei der Sache.

„Also gut, ich mache es abhängig von dem Verhalten des Täters. In jedem Falle ist das Geld nicht verloren, denke ich. Dann werd' ich mal."

Seine Hand schwebte über dem Hörer, da klingelte das Telefon.

„Beckurt."

„Ja, hier Matthießen. Ich soll Sie fragen, wann das Geld kommt?"

Pause.

„Ich würde darüber lieber selbst mit ihm sprechen."

„Warten Sie bitte."

Beckurt hörte im Hintergrund den Filialleiter mit dem Räuber sprechen. Plötzlich war er selbst am Apparat:

„Ja?!"

„Ich hörte, Sie wollten mehr Informationen zu dem Geld?"

„Eigentlich schon, aber ich habe es mir jetzt anders überlegt. Ich - ich schlage eine Verhandlungspause vor."

Der Oberkommissar stutzte.

„Wir hätten noch eine Menge zu bereden."

„Wir können über alles reden, aber nicht vor morgen früh!"

„Wollen Sie nicht jetzt die Sache hinter sich bringen? Ich bin Ihnen gern behilflich, den letzten Schritt auch noch zu tun."

Der Verhandler rutschte auf seinem Stuhl hin und her; er witterte die Chance.

„Ich kann nicht."

Die Stimme des Täters war kraftlos. Plötzlich machte es 'klick' und die Verbindung war abgebrochen. Sofort wählte Beckurt erneut, aber es war nur das Besetztzeichen zu hören. Er hatte vermutlich den Hörer daneben gelegt.

Beckurt sah seine Freunde an.

„Was haltet ihr davon?"

„Du warst hautnah dran. Er hatte gar keine andere Wahl als aufzulegen, sonst wäre er gekippt“, bemerkte einer treffend.

Der Oberkommissar schlug mit der flachen Hand auf die Schreibtischplatte.

„Es ist zu dumm, so kurz vor dem Ziel. Gibt es nicht noch eine andere Möglichkeit, an ihn heranzukommen?“

Schweigen.

„Denkst du etwa an ein Megaphon?“

Alle schüttelten entrüstet den Kopf. Das war nun wirklich keine Alternative.

Beckurt blickte auf die Uhr.

„Es ist kurz nach Mitternacht. Ich setze noch auf den Filialleiter, dem traue ich einiges zu. Ich schlage mal Folgendes vor...“, doch weiter kam er nicht, denn dann klingelte das Telefon erneut.

*

Matthießen machte sich seine Gedanken. Er hatte zwar nicht hören können, was Beckurt alles gesagt hatte, aber dafür klangen ihm immer noch die letzten Worte des Täters in den Ohren: Ich kann nicht. Was hatte das zu bedeuten? Es hatte resignierend geklungen. Hatte ihm der Verhandler die Aufgabe empfohlen? Zugleich fielen dem Filialleiter die schemenhaften Gestalten wieder ein, die an der Eingangstür vorbeigehuscht waren. Wurde ein erneuter Sturm vorbereitet? Er kämpfte mit sich, ob er das dem Täter sagen sollte, denn er hielt einen Sturm für völlig unangemessen. Und außerdem hatte er selbst Angst davor, mehr Angst als vor dem Gangster.

Nach seiner Einschätzung kippte er sowieso kurz über lang. Für ihn war der gar kein richtiger Gangster, eher ein armes Würstchen. Vielleicht schaffte er es auch ohne die Polizei. Deshalb wagte er den Vorstoß und erzählte die Sache mit den dunklen Gestalten, die er gesehen hatte. Am Ende fragte er ganz offen:

„Soll ich nochmals bei der Polizei anrufen?"

Der Täter nickte.

„Ja und machen Sie deutlich, dass dadurch alles nur noch schlimmer wird!"

Der Banker nickte und wählte die ihm bekannte Nummer.

„Beckurt."

„Ja, hier nochmals Matthießen, passen Sie auf, ich habe da Schatten um die Bank laufen sehen. Bitte, lassen Sie die Bank nicht stürmen, es wird bestimmt einen anderen Weg geben."

„Ich kann Ihnen versichern, dass nichts Dergleichen geplant ist. Ich habe nur noch eine Bitte, legen Sie den Hörer nicht wieder daneben. Sie sollten für Notfälle erreichbar bleiben. Wir halten uns ansonsten an unsere Absprache."

„Okay, ich werde es ausrichten", beendete der Filialleiter das Telefonat, legte den Hörer die Gabel und gab die Bitte des Verhandlers weiter. Der Täter reagierte nicht - er schwieg.

Dieses Nichtstun und sich gegenseitig Anschweigen zerrte an den Nerven. Spielen! Das war das Stichwort. Dem Banker fiel ein, dass in seiner Schreibtischschublade noch ein altes Skatspiel lag. Sollte er es wagen? Was konnte schon passieren? Mehr als nein sagen konnte er ohnehin nicht. Ich spreche ihn einfach an, entschied er sich.

„Hätten Sie etwas dagegen, wenn wir Skat spielten?"

„Meinetwegen."

„Wollen Sie nicht mitspielen?"

Das war Hans. Es klang so harmlos, so ehrlich. Alle drei schauten ihn gebannt an. Das Gesicht verzog sich unter der Maske

„Nein, nein, schönen Dank."

Matthießen holte das Spiel heraus und begann zu mischen. Am Anfang waren sie alle noch ein wenig gehemmt, aber allmählich wurden sie immer freier. So verging zumindest die Zeit. Es war so kurz nach drei Uhr, als Matthießen wieder mit dem Mischen an der Reihe war. Er warf einen Seitenblick auf ihren Bewacher, der während der gesamten Zeit überwiegend auf seinem Stuhl gesessen hatte und nur zwischendurch ein paar Schritte im Kundenraum auf und ab gegangen war. Er traute seinen Augen nicht. Der Bankräuber hielt die Arme verschränkt und sein Kopf sackte ganz langsam nach vorn. Er unterbrach den Mischvorgang nicht und stieß mit den Füßen seine beiden Mitstreiter an. Alle drei sahen sie, wie der Ganove den Kopf ruckartig nach oben nahm und langsam wieder nach unten sackte. Die drei verständigten sich mit den Augen. Sie schwiegen und vernahmen ganz deutlich seine tiefen und gleichmäßigen Atemzüge. Tatsächlich, der Geiselgangster war eingeschlafen.

„Abwarten“, flüsterte Matthießen und die anderen nickten. Sie lehnten sich alle drei in ihren Sitzen zurück und lauschten. Leichte Schnarchgeräusche mischten sich unter die langen Atemzüge. Der Banker überlegte. Sie waren zu dritt und der Täter schlief. Es müsste ihnen doch eigentlich ein Leichtes sein, ihn zu überwältigen. Er sah an den Gesichtern der beiden, dass sie ähnlich dachten. Durch Zeichen verständigten sie sich, wie sie ihn überrumpeln wollten. Nach ein paar Minuten waren sie sich einig: Hans und Karl Padow würden die beiden sein, die ihn an den Armen packten und er würde ihm die Waffe entreißen. Es war still in der Bank. Ab und zu gluckste das Wasser in der Zentralheizung.

Matthießen stand leise auf und auch die anderen erhoben sich geräuschlos. Sie schlichen auf den Täter zu. Das Herz des Filialleiters schlug schneller. Gleich war es geschafft, nur noch einen Meter. Er fühlte, wie seine Hände feucht wurden. Er würde das Zeichen zum Zupacken geben. Jetzt war es soweit. Sie spannten ihre Körper, nickten und ... zuckten zusammen: Das Telefon. Der Täter fuhr hoch, erkannte die Gefahr sofort, sprang von seinem Sitz und hatte mit einem Griff die Waffe in der Hand. Er sprang nach hinten und dann schrie er auch schon los:

„Zurück! Zurück, sage ich!“

Das Telefon schrillte weiter. Unerträglich. Erst langsam löste sich bei den dreien die Starre und mit schlotternden Knien wichen sie zurück. Matthießen ärgerte sich wahnsinnig. An das blöde Telefon hatte er gar nicht mehr gedacht.

Der Räuber schwenkte die Waffe zwischen den dreien hin und her und nahm sie erst herunter, als alle drei saßen. Er ging auf das Telefon zu und nahm den Hörer ab.

„Ja?!“

„Ich wollte Ihnen nur sagen, dass Sie sich nicht wundern, wenn draußen Bewegung entsteht. Es wird abgelöst. Aber da wir nun schon mal miteinander telefonieren, frage ich Sie, ob wir nicht doch noch gemeinsam etwas zu besprechen hätten?“

Der Täter sagte zunächst gar nichts, aber dann fing er an zu lachen, erst leise, dann immer lauter.

„Nein, im Augenblick nicht, aber vielen Dank, Sie haben mir eben sehr geholfen.“

Er legte auf und ließ einen völlig irritierten Beckurt zurück.

„Ja, ja, die Polizei, dein Freund und Helfer. Lassen Sie sich nicht aufhalten, meine Herren.“

Ihr Bewacher setzte sich wieder auf seinen Stuhl. Matthießen schüttelte den Kopf. Zu dumm. Um Haaresbreite wären sie jetzt freie Menschen gewesen. Und ausgerechnet die Polizei musste es vermasseln. Das war Ironie des Schicksals. Die Lust am Spielen war ihm gründlich vergangen. Auch die beiden anderen schwiegen und jeder ging seinen Gedanken nach.

Der Banker gähnte und schaute verstohlen zur Uhr. Erst vier. Er merkte, wie ihn eine bleierne Müdigkeit erfasste. Die Augenlider wurden so schwer. Er riss sich zusammen. Du darfst nicht einschlafen, sagte er sich immer wieder. Doch je mehr er sich quälte, umso schwerer fiel es ihm, die Gedanken zusammenzuhalten. Bleischwer sanken seine Lider nach unten. Macht nichts, gestand er sich zu, du kannst auch mit geschlossenen Augen über alles nachdenken. Er dachte an sein Bett und ... zuckte zusammen; sein Kopf war ihm zur Seite gefallen. Er wollte noch zu seinen Partnern schauen, aber er schaffte es nicht mehr, der Kopf kippte wieder zur Seite und blieb dort. Matthießen war eingeschlummert.

Jemand rüttelte heftig an seiner Schulter und aus der Ferne hörte er eine Stimme:

„Aufwachen, wachen Sie auf, Mann!“

Der Filialleiter ruderte mit den Armen und zog die Luft hörbar ein. Er wischte sich mit der Hand über den Mund; der Speichel war ausgetreten und am Kinn hinuntergelaufen. Vor ihm stand der Täter. Auch die beiden anderen rieben sich die Augen.

„Darf ich mal zur Toilette?“.

Der Ganove nickte.

„Ich auch!“ kam es von Hans hinterher.

„Nacheinander!“

Der Landstreicher nickte und geduldete sich, bis Matthießen zurückkam. Der Banker hatte sich das kalte Wasser über sein Gesicht laufen lassen.

„Hören Sie.“

Matthießen horchte auf.

„Sie rufen jetzt bei der Polizei an. Mir ist da in den letzten beiden Stunden eine glänzende Idee gekommen!“

*

Elke Mommsen wälzte sich im Bett hin und her. Sie konnte einfach nicht mehr einschlafen, nachdem sie um half fünf in der Frühe schweißnass aufgewacht war.

Peter neben ihr schlief unruhig, aber er schlief.

Ihr gingen die Gedanken mit dem jungen Mann als möglichen Täter nicht aus dem Kopf. Wenn sie mit ihrer Vermutung richtig lag, dann war sie sich mit ihrer Einschätzung sicher: Der war kein Verbrecher. Aus diesem Grunde machte sie sich um ihren Chef und die anderen beiden keine ernsthaften Sorgen. Sie wollte unbedingt einen Sturm der Polizei verhindern. Die brachten es noch fertig und töteten ihn. Hoffentlich war es nicht schon zu spät. Mittlerweile war es kurz vor sieben geworden. Sie hatte einen Plan. So leise wie möglich schlich sie sich ins Bad. In aller Eile wusch sie sich und kleidete sich an. Um Punkt sieben Uhr zog sie die Wohnungstür hinter sich zu.

Draußen war es dunkel, nebelig und nasskalt. Sie schlug den Kragen ihres Wintermantels hoch und ging los. Sie hatte ein ganz bestimmtes Ziel.

*

„So, nun wollen wir Fieber messen und den Puls fühlen."

Fröhlich und vor allen Dingen laut polterte die Krankenschwester ins Zimmer. Erna Jensen fuhr hoch. Sie kam aus dem tiefsten Schlaf. Als sie begriffen hatte, wo sie sich befand, sank sie wieder nach hinten ins Kissen. Aber ihren Humor hatte sie nicht eingebüßt.

„Ich denke, in der ersten Klasse wird man mit Musik geweckt."

„Wie hätten Sie es denn gern, Mozart oder Beethoven?"

„Nun ist es zu spät, meine Beste", erwiderte die Rentnerin gestellt traurig und klemmte sich das Thermometer zwischen die Achselhöhle.

Die Schwester erfasste ihren rechten Arm und fühlte den Puls.

„Na, wie war denn die Nacht hier in unserem Hotel, haben wir denn gut geschlafen?"

Oma Jensen nickte nur. Heinrich stand ihr plötzlich wieder vor Augen.

„Wie spät ist es, Schwester?"

„Gleich halb sieben. Jetzt kommen meine Kolleginnen und werden Ihr Bett wieder herrichten. Sie können sich ja in der Zwischenzeit ein wenig frisch machen. Übrigens Ihr Mann..."

„Ja?"

„Ihr Mann, der hat die Nacht recht gut überstanden. Er ist zwar noch nicht so richtig ansprechbar, aber der Stationsarzt meint, die Kurve zeigt nach oben."

Sie sank ins Kissen zurück. Gott sei Dank, er lebt und Hoffnung besteht auch. Sie war bescheiden und konnte sich über noch so kleine Lichtblicke freuen.

„Ich danke Ihnen, Schwester. Ich hatte Angst, Sie danach zu fragen und nun haben Sie es selbst gesagt. Vielen Dank!"

Sie erfasste den Arm der Schwester und drückte ihn herzlich. Tränen traten in ihre Augen. Die Helferin streichelte ihre Wangen.

„Es wird schon alles gut werden, man muss nur fest daran glauben. In einer halben Stunde bringe ich Ihnen Ihr Frühstück", meinte sie zum Abschied.

Trotz ihrer schon ziemlich morschen Knochen kam Erna recht schwungvoll aus den Federn und machte sich in dem kleinen abgeteilten Bad fertig. Sie hatte gerade ihre Haare gekämmt, da wurde das Frühstück serviert.

„Guten Appetit!" wünschte die Schwester und schon war sie wieder draußen.

„Danke, den hab' ich."

Erna setzte sich an ihr kleines Tischchen und schmierte gutgelaunt ein Brötchen. Sie hatte gerade einen kräftigen Bissen genommen, da ging die Tür auf und der Chefarzt betrat das Krankenzimmer. Erna ließ beinahe die Kaffeetasse fallen. Sie ahnte nichts Gutes.

*

Peter Mommsen wachte auf und tastete nach seiner Frau, doch das Bett war leer. Es war halb acht. In der Wohnung war alles so verdächtig still. Mit einem Ruck war er aus dem Bett und rief nach ihr. Keine Antwort. Jetzt wurde er unruhig. Ihr Mantel hing nicht an der Garderobe. Sofort fiel ihm das Gespräch von gestern Abend wieder ein. Wo war sie nur hin? Sollte sie etwa zur Bank gegangen sein? Er konnte nur hoffen, dass die Polizei sie gefunden hatte. Polizei! Er musste zur Polizei. Hastig kleidete er sich an und raste in seinem Wagen los.

Peter Mommsen traf auf dem Flur der Polizeistation Obermeister Feller.

„Ich möchte gern Herrn Beckurt sprechen."

„Ich muss mal nachschauen, ob es jetzt geht."

Mommsen ging auf dem Flur auf und ab. Wo konnte sie nur sein? Hoffentlich war ihr nichts passiert. Die Tür ging auf und der Verhandler winkte ihn herein.

„Sie wollten mich sprechen."

„Meine, meine Frau ist weg, ich mache mir große Sorgen. Vielleicht können Sie mir helfen."

Der Oberkommissar erkannte seine Not sofort.

„Wir kriegen das schon hin! Nun erzählen Sie mir mal der Reihe nach. Möchten Sie einen Kaffee?"

Dankbar nahm Peter an.

„Entschuldigen Sie bitte, ich war so aufgeregt, dass ich mich gar nicht gewaschen und rasiert habe."

„Na sehen Sie, das passt doch ganz gut", lächelte Beckurt, ging kurz raus und war gleich wieder zurück.

„So, der Kaffee kommt sofort und nun schießen Sie mal los."

Mommsen erzählte von dem gestrigen Abend.

„Und Sie haben keine Ahnung, wo Ihre Frau hingegangen sein könnte?" fragte Beckurt am Schluss.

„Ich dachte schon, dass sie eventuell zur Bank zurückgegangen ist, um ihren Chef nicht allein zu lassen. Wissen Sie, bei ihrer psychischen Verfassung ist ihr sogar das zuzutrauen."

Er log, um dem Beamten etwas zu entlocken und der tat ihm den Gefallen.

„Da kann ich Sie beruhigen, Herr Mommsen, dort kann niemand ungesehen hinein."

Mommsen atmete auf.

„Ich schlage Folgendes vor. Wir geben an alle Beamten eine Personenbeschreibung Ihrer Frau durch, fragen auch noch vorsorglich im Krankenhaus nach und Sie sollten sich Ihren Bekanntenkreis vornehmen und dann werden wir Ihre Frau schon finden, da bin ich mir ganz sicher."

Mit dem letzten Satz wollte Beckurt den immer noch niedergeschlagenen Mommsen ein wenig aufmuntern. Feller stürmte ins Zimmer:

„Herr Beckurt, ich muss Sie dringend sprechen!"

„Entschuldigen Sie mich bitte für eine Sekunde, Herr Mommsen, ich bin sofort wieder zurück."

Beckurt ging mit Feller auf den Flur. Doch die Tür blieb nur angelehnt, so dass er einige Wortfetzen aufschnappen konnte: Er hörte etwas von Fluchtauto - Flugplatz - Freie Sicht, dann verstand er nichts mehr.

In diesem Augenblick kam Beckurt auch zurück und machte ein ernstes Gesicht.

„Entschuldigen Sie bitte, aber das war wichtig. Ich muss jetzt zurück. Wir waren ja sowieso soweit klar. Wir bleiben in Kontakt."

Er hatte es plötzlich sehr eilig.

Gedankenverloren verließ auch der Ehemann das Polizeirevier. Was mochte das nur bedeuten, blieb er draußen vor der Tür stehen und zog sich den Mantelkragen hoch. Sollte der Gauner etwa mit dem Flugzeug...? Na klar, es war die einzige Chance, überhaupt von der Insel wegzukommen. Aber konnte die Polizei das nicht verhindern? Er schloss seine Wagentür auf. Sofort fuhr er los.

Plötzlich stoppte er das Fahrzeug und klatschte sich mit der rechten Hand gegen die Stirn. Du Idiot, dass du darauf nicht schon viel früher gekommen bist. Er gab wieder Gas, änderte aber die Richtung. Er fuhr nicht nach Hause.

*

„Auf keinen Fall lassen wir ihn von der Insel!"

Polizeiführer Koch wirkte energisch. Alle nickten. Sie hatten alle Forderungen des Täters auf dem Tisch. Er verlangte ein Auto, gleichgültig welches. Damit wollte er mit dem Banker zum Flugplatz. Von dort wollte er mit einem Piloten von der Insel geflogen werden und dann hatte er für die Polizei noch ein besonderes Bonbon, das er aber erst in der Maschine auswickeln wollte, so hatte er es Matthießen übermitteln lassen. Aber soweit wollten sie es ohnehin nicht kommen lassen.

„Wie sehen Sie die Chancen?"

Koch meinte den SEK-Boss. Endlich, endlich, die erste vernünftige Frage, dachte dieser und legte los. Beckurt hielt sich zurück. Gewiss, er hätte liebend gern seinem Chef die Aufgabe gemeldet, aber nun war es anders gekommen. Und er war ein Sportsmann. Wenn das Risiko für die Opfer klein gehalten werden konnte, dann war das auch für ihn eine akzeptable Lösung.

„... und deshalb: Der geeignetste Zeitpunkt für den Aufschlag ist beim Besteigen der Maschine, insbesondere deshalb, weil ich meine, dass wir dann auf den Präzisionsschützeneinsatz verzichten können!“ schloss Bertram sein Konzept.

Koch nickte und schaute in die Runde. Alle Achtung, dachte Beckurt, das klang wirklich überzeugend. Der alte Haudegen verstand sein Geschäft. Besonders imponierte ihm, dass er den finalen Rettungsschuss ausklammerte.

„Ihr Planung - wirklich, eine Meisterleistung!“ war deshalb Beckurts Kommentar. Damit war das Eis gebrochen. Alle äußerten sich lobend. Bertram wusste gar nicht, wie ihm geschah.

Aber die Zeit wurde knapp. Er stand kurz entschlossen auf.

„Ich kann’s nicht länger ertragen“, bemerkte er spöttisch, „es gibt noch viel zu tun, im Gegensatz zu...“ er sprach es nicht aus, sondern verließ die Runde.

„Und Sie machen bitte weiter. Vielleicht kippt er doch noch“, meinte Koch zu Beckurt und dieser nickte. Er stand auch auf und ging zu seiner Truppe.

Koch schaute Martens an.

„Ich glaube, wir werden es schon packen, Chef“, ermunterte dieser seinen Boss.

Das Gefühl hatte Koch auch. Er war sogar ein wenig stolz auf sich, wie er bisher mit der Lage fertig geworden war. Selbst eine Anfrage aus dem Ministerium konnte er selbstbewusst beantworten. Aber noch war die Schlacht nicht zu Ende geschlagen.

„Wir müssen nur noch ein Konzept entwickeln, wie wir die Absperrung zum Flugplatz vornehmen und was wir mit der Presse vereinbaren wollen. Aber wie ich Sie kenne, haben Sie doch sicherlich schon einen Schlachtplan entworfen. Lassen Sie mal sehen."

Koch beugte sich vor und warf einen Blick auf den Ortsplan, den Martens bereits ausgebreitet hatte.

*

Matthießen hatte jetzt keine Hemmungen mehr, den Täter offen anzusprechen.

„Haben Sie sich das auch genau überlegt?"

Mit dem Flugzeug wollte er sich aus dem Staube machen. Er konnte sich keinen Ort der Welt vorstellen, auf dem er ungesehen hätte landen können.

„Ich weiß schon, was ich tue", antwortete ihr Bewacher ganz ruhig, aber Matthießen hatte die Unsicherheit doch herausgehört.

„Die Polizei wird Sie überall hin verfolgen, Sie haben doch gar keine Chance."

Der Filialleiter glaubte, so unverblümt mit ihm reden zu können. Eine Gefahr, dass er explodieren könnte, sah er im Augenblick jedenfalls nicht.

Deshalb war er über die Reaktion des Gangsters umso erstaunter, ja er erschrak richtig: Der sprang auf und baute sich breitbeinig vor dem Filialleiter auf:

„Sie, Sie Neunmalkluger! Was würden Sie denn an meiner Stelle machen?“

Er blieb in dieser Positur stehen. Matthießen ließ sich - zumindest äußerlich - nicht beeindrucken.

„Das kann ich Ihnen genau sagen“, begann er ganz langsam, jedes Wort betonend. „Ich würde an Ihrer Stelle aufgeben. Ich habe Ihnen das schon einmal gesagt. Sie sind in meinen Augen kein Verbrecher. Wenn Sie hier Schluss machen, dann werde ich Ihnen, das verspreche ich, helfen und ich meine, dass die beiden sich anschließen werden. Die Hilfe stelle ich mir so vor, dass wir schwören, dass Sie gar keine Geiselnahme gewollt haben, sondern dass die Polizei dafür verantwortlich ist und“, er hob seine Stimme, „dass Sie aus freien Stücken die beiden Frauen freigelassen haben.“

Damit schloss er erst einmal und beobachtete ihn.

Schon während seiner letzten Worte war der Räuber wieder zurückgegangen.

Er saß wieder auf seinem Stuhl.

„Und Sie meinen, dafür bekäme ich einen Orden?“ gab er bissig zurück.

Diesmal kam Padow ihm zuvor.

„Das nicht gerade, aber ist eine Strafe zur Bewährung nicht auch schon was?“

Der Räuber schüttelte den Kopf.

„Ich kann nicht aufgeben. Sie können sich ja gar nicht vorstellen, was das für mich bedeutet...“, er stockte und schüttelte wieder den Kopf.

„Nein, es geht wirklich nicht.“

Matthießen blieb dran:

„Sie denken an Ihre berufliche Zukunft?“

„Das ist noch nicht einmal das Schlimmste.“

Er stockte und biss sich auf die Lippen.

„Was würde wohl Ihre Mutter dazu sagen, wenn sie das wüsste?!“

Alle drehten sich um. Ja, das war Hans, der Landstreicher. Er hatte sich bisher zurückgehalten und kam jetzt so trocken damit heraus.

Der Filialleiter wollte den Finger noch tiefer in die Wunde legen, da zerriss das Läuten des Telefons die Stille.

Ihr Bewacher ging selbst an den Apparat.

„Ja.“

Seine Stimme klang brüchig.

„Beckurt. Mir liegt noch was auf dem Herzen. Kurz gesagt, Sie sollten unbedingt noch wissen, dass es da im Strafgesetzbuch eine Ausnahmeregelung gibt, die Ihnen geradezu auf den Leib geschnitten ist. Ich sag' es mal mit meinen Worten. Wenn jemand, der so was wie Sie gemacht hat, wieder alles gutmachen will, dann hat derjenige eine gute Chance eine wesentlich geringere...“

„Nun fangen Sie auch davon an, die haben mir hier schon die Hölle heiß gemacht. Ich - ich mach es kurz. Hören Sie auf, hören Sie alle auf. Ich muss die Sache zu Ende bringen.“

„Gut, ich nehme das so zur Kenntnis. Wie stellen Sie sich den weiteren Verlauf vor?“

„Sie kennen doch meinen Plan, was soll diese Zeitschinderei?“

„Okay, wer soll die Maschine fliegen?“

„Ein Pilot natürlich. Der gehört doch dazu!“

„Und was geschieht mit dem Filialleiter?“

„Den entlasse ich auf dem Flugplatz. Ich fliege nur mit dem Piloten. Das reicht mir. Sonst noch irgendwelche Fragen?“

„Ja, der Streifenwagen, wer soll den fahren?“

Jetzt stutzte der Täter kurz.

„Den - äh - fahre ich“, kam die zögernde Antwort „oder besser, den fährt der Filialleiter. Ja, so machen wir es und zum Schluss noch etwas: Sie wissen, meine Waffe ist scharf und geladen. Ich sage das nur, dass Sie sich darauf einstellen!“

Zum Schluss war seine Stimme wieder fester geworden.

„Okay“, gab Beckurt zurück, „Sie hören in der nächsten halben Stunde von uns“ und legte auf.

Der Täter ließ den Hörer auf die Gabel fallen. Er wirkte nachdenklich. Rückwärts gehend erreichte er seinen Stuhl und nahm Platz.

Der Bankchef zweifelte nicht mehr daran, dass er spätestens in einer Stunde bei der Polizei im Gewahrsam sitzen würde.

„Ich geh’ auch mit Ihnen zum Flugplatz, wenn Sie wollen.“

Das war wieder typisch Hans. Matthießen musste innerlich etwas grienen. Es sollte ihm nur recht sein, denn so ganz wohl war ihm nicht bei dem Gedanken, dass die Polizei mit ihren Spezialkommandos zugriff.

„Ist mir egal“, meinte der Ganove gleichgültig.

„Gut, ich bleibe dann hier, Hans, wenn Sie das übernehmen.“

Dieser nickte eifrig. Ihm machte das Ganze jetzt offensichtlich Spaß.

„Und noch etwas“, fing der Täter an, da klingelte das Telefon.

„Sie gehen ran.“

Er zeigte auf Matthießen.

„Beckurt“, hörte der die inzwischen vertraute Stimme des Verhandlers.

„Bevor Sie weiter sprechen, der Hans, na Sie wissen schon, wen ich meine, der wird mit ihm zum Flugplatz fahren.“

„Gut, einverstanden“, gab der Oberkommissar zurück.

„Sagen Sie ihm doch bitte, dass wir soweit sind. Ein Polizeiwagen steht vor der Tür. Der Motor läuft.“

„Augenblick.“

Matthießen übermittelte und der Gangster nickte.

„Er ist soweit und kommt jetzt heraus und bitte, schießen Sie nicht. Es ist bisher alles so gut gegangen.“

Klick.

Der Täter zog seine Waffe und hielt sie Hans an den Kopf.

Der Filialleiter schloss von innen die Eingangstür auf. Matthießen sah draußen den Streifenwagen stehen.

Schwaden von Auspuffgasen umnebelten das Fahrzeug. Hoffentlich schießt keiner, dachte der Banker und schaute auf seine Uhr: Halb zehn. Gut 20 Stunden hatte der Spuk gedauert. Er sah, dass Hans auf der Beifahrertür einstieg und von dort auf den Fahrersitz kletterte.

Der Täter folgte nach und setzte sich neben ihn. Langsam fuhr der Wagen an.

Hans fuhr und freute sich. Einen Führerschein hatte er zwar nicht, aber das Fahren hatte er von Paul gelernt. Und es ging auch, ganz langsam an der Absperrung vorbei und an den Neugierigen. Er sah viele Blitzlichter und Hans war richtig stolz. Vielleicht war sogar Paul unter den Zuschauern.

Sie fuhren jetzt die Straße „Fehrstieg" entlang. Es wurde immer nebeliger.

Der Täter neben ihm sprach kein Wort. Sein Blick war nur nach vorn gerichtet.

Jetzt sichtete Hans schon trotz des Nebels auf der rechten Seite den Flugplatz. Nur noch eine Rechtskurve und richtig, da war er schon. Ganz schwach war das Blinklicht vom Tower auszumachen.

Bei der Suppe kann doch gar kein Mensch fliegen, stutzte Hans. Der Räuber musste wohl das Gleiche gedacht haben.

„So ein Mist! Fahren Sie hier rechts auf den Seitenstreifen, gleich hinter der Gaststätte."

Hans befolgte die Anweisung und kam zum Stehen.

„Es gibt ohnehin kein Zurück mehr. Ab zum Flugzeug."

Er hatte sich zu Hans umgedreht.

„Wer weiß, wozu der Nebel gut ist."

„Sie steigen jetzt an der Fahrerseite aus und ich komme hinterher."

Hans nickte, öffnete die Tür und setzte den linken Fuß nach draußen. Betont langsam zog er das zweite Bein nach. Schließlich standen sie beide neben dem Wagen. Hans war jetzt doch mächtig aufgeregt.

Auf dem Rollfeld stand eine Maschine, zwei Positionslampen blinkten.

Der Weg dahin war abgesperrt. Polizisten standen am Rand, die Hand an der Waffe, dahinter einige Menschen.

„So, denn wollen wir mal", raunte ihm der Räuber zu und sie gingen auf die Maschine zu, der Täter rechts schräg hinter ihm.

Hans spürte das kalte Eisen der Waffe an seiner rechten Schläfe. Sie kamen der Maschine immer näher und Hans wäre beinahe über ein Grasbüschel gestolpert, konnte sich jedoch noch im letzten Moment fangen, aber dennoch war der Lauf der Waffe ziemlich hart gegen seinen Kopf geprallt, so dass er einen stechenden Schmerz verspürte.

Weiter, du musst weiter, sagte er sich immer wieder und hatte nun doch Angst, dass die Polizei schießen könnte. Nur noch ein paar Meter trennten sie vom Sportflugzeug.

Hans jubilierte innerlich, doch da zerriss eine lauter Schrei die Stille:

„C h r i s t i a n !!!“

*

Peter erhob sein Sektglas und strahlte seine Frau an.

„Prost, mein Schatz! Ich bin richtig stolz auf dich!“

Sie lächelte und hielt ihm ihr Glas entgegen.

„Aber du hast ordentlich mitgeholfen“, gab sie das Kompliment zurück und beide tranken einen Schluck. Sie waren zur Feier des Tages ins ‘Alt Wyk’ gegangen und hatten bereits ein opulentes Mahl hinter sich.

„Ich habe dich doch nur von der Frau Hansen abgeholt.“

„Nun sei nicht so bescheiden. Wenn du nicht rechtzeitig gekommen wärest, dann...“. Elke sprach nicht weiter, sondern schaute ihren Mann nur liebevoll an. Sie war am frühen Morgen mit dem Fahrrad zu Frau Hansen gefahren, hatte doch niemanden in der Wohnung angetroffen. Eine Nachbarin wusste zu berichten, dass sie im Krankenhaus sei. Die Gemeindeschwester hätte das veranlasst, aber warum, wusste sie nicht. Im Krankenhaus war ihr dann gesagt worden, dass Frau Hansen keinen Herzinfarkt erlitten hätte und für ein paar Tage zur Beobachtung aufgenommen worden sei. Man hatte Elke erlaubt, sie kurz zu besuchen. Und von ihr hatte Frau Hansen alles erfahren.

„Jetzt kannst du es mir ja sagen, Liebste. Warum bist du auf ihren Sohn gekommen", die Neugier stand Peter regelrecht ins Gesicht geschrieben. Und Elke genoss das offensichtlich.

„Also gut, mein Liebster. Jetzt ist ja alle Gefahr gebannt. Ja, es war so, es stimmt, dass ich vor Angst bald gestorben wäre, aber zwischendurch habe ich mich doch mit diesem Menschen beschäftigt. Da war seine Stimme. Die kam mir so bekannt vor, trotz der Maske."

Sie stockte.

„Erzähl' weiter, bitte."

„Es war die Stimme und so ging ich den Kundenkreis durch. Ich blieb bei einer Frau hängen, wie gesagt Witwe Hansen. Und die hat einen Sohn..."

„Und weiter?" hakte er neugierig nach, als sie stockte.

„Dieser Sohn, der hat einige Male seine Mutter zu uns in die Bank begleitet, wenn sie Monat für Monat einen bestimmten Betrag abhob und ihm zusteckte. Ich habe das mehr als einmal beobachtet und auch gehört, wie er sich mit ihr unterhielt."

„Aber Elke, das allein kann doch bei dir..."

„Ich bin doch noch gar nicht fertig. Das Beste kommt jetzt. Dieser Sohn studiert Medizin!"

„Na und?"

„Mensch, Peter, begreifst du denn nicht. Ich habe es dir doch erzählt, wie fachkundig er mit meinen Medikamenten umgegangen ist."

Peter nickte. Ja, das stimmte.

„Und das war dein Verdacht?"

Elke nickte.

„Und das Schlimme war, diese alte Frau musste etwas geahnt haben, denn..."

Elke erzählte von den Gefühlen der Mutter und dem schrecklichen Schlusspunkt, der durch die Gemeindeschwester ausgelöst worden war.

„So gesehen war meine Eingebung, in Wrixum eine Frau Hansen zu suchen, ja auch nicht gerade verkehrt."

Peter Mommsen war nach dem Verlassen des Polizeireviers wieder der Name „Hansen" aus Wrixum eingefallen und bei der dritten Adresse war auch ihm von der Nachbarin das Gleiche berichtet worden wie Elke.

"Ja, Liebling, ohne dich hätte ich es nie geschafft, die Mutter mit dem Rollstuhl zum Flugplatz zu bringen. Und dann noch der glückliche Umstand, dass du bei der Polizei diese Wortfetzen aufgeschnappt hattest."

Elke beugte sich lächelnd zu ihm und drückte ihm ein Küsschen auf die Wange.

„Entschuldige bitte, Liebling, dass ich einfach so weggelaufen bin."

„Ja, ich habe mir schon große Sorgen gemacht!", spielte Peter Mommsen den Beleidigten. Er war heilfroh, dass es ihr heute gut ging. Und wieder hatte sich einmal bewahrheitet, was ein Therapeut ihnen beiden gesagt hatte. Wenn es darauf ankommt, wird Ihre Frau Dinge tun, die Sie beide nicht für möglich halten werden.

Und genau das hatte sie in den letzten Stunden getan. Er atmete tief aus und lehnte sich zurück. Jetzt wollte er noch etwas anderes wissen.

„Und die Mutter, wie hat sie die Realität verkraftet?" wollte Peter

"Ja, die Mutter, sie war ganz schön verzweifelt. Sie wollte es einfach nicht wahrhaben, dass ihr Christian ein Verbrecher sein sollte, einer, der mit seiner Tat alle Medien beschäftigte."

Elke seufzte.

"Wenn ich ihr nicht immer wieder eingehämmert hätte, dass er das bestimmt nur getan hätte, um seine Schulden..."

„...Schulden?" unterbrach er.

„Ja, sie hatte mir zuvor davon erzählt, dass immer wieder geschworen hätte, seine Schulden bei ihr sehr bald zurückzuzahlen. Und stell dir vor, es waren nach ihrer überschlägigen Rechnung genau 36.000 Euro, die er von ihr als Unterstützung erhalten hatte."

"Donnerwetter!"

Peter war beeindruckt.

„Und er bewies es letztlich auch, dass er kein Verbrecher ist. Regelrecht zusammengebrochen ist der Junge ja auf dem Flugplatz."

"Und dann gab es für ihn nur eins: Waffe weg und seiner Mutter um den Hals fallen. Eine zu Herzen gehende Szene, fandest du nicht auch?"

"Stimmt, mein Schatz, aber am meisten freue ich mich, dass es dir selbst so gut geht. Du weißt, da kennen wir ganz andere Tage."

Liebevoll streichelte er über die Wange.

„Peter, ich habe einen Wunsch."

„Na mein Liebling, wo brennt es denn?"

„Ich - ich möchte der Frau Hansen irgendwie beistehen."

"Na Schatz, wenn' s weiter nichts ist."

„Das ist aber noch nicht alles. Ich hab' dafür einfach zu wenig Zeit und da dachte daran, nur noch halbtags zu arbeiten."

Peter sprang hoch.

„Das ist ja super. Worauf wartest du noch?"

„Ich hab' aber noch einen Wunsch."

Verliebt schaute sie ihn an.

„Ich möchte einen kleinen Peter!"

Sprachlos sah er sie nur an, verlangte nach dem Ober, zahlte, half ihr in den Mantel und eng umschlungen machten sie sich auf den Heimweg.

*

„Ich kann es immer noch nicht fassen, dass du wieder da bist. Noch vor wenigen Minuten habe ich das Drama auf dem Bildschirm verfolgt und nun stehst du leibhaftig vor mir.”

”Ach Liebling, so schlimm war das alles nicht, hier mein Schatz, ein paar Blumen...”

„Du bringst mir Blumen, nach deiner Gefangenschaft. Umgekehrt müsste es doch eigentlich sein, mein Schatz.“

Sie umarmte ihn erneut und drückte ihn herzlich. Sie war sich in den letzten Stunden erst richtig bewusst geworden, dass sie ihn wirklich liebte.

Die Wirtsleute waren sehr freundlich gewesen und hatten ihr über die schreckliche Wartezeit und über diese Ungewissheit hinweggeholfen, aber sie hatte doch sehr gelitten und sich sehr große Sorgen um ihren Karl gemacht.

Sie hatte sich für die Zukunft etwas vorgenommen.

”Lass man, Herta, ich bin auch so froh, dass ich wieder hier bin“, gab er ehrlich zu.

„Ich bin nämlich kein Held, aber das weißt du ja selbst. So, nun hab’ ich ‘nen Riesenhunger und duschen möchte ich auch, bevor wir uns zusammensetzen.“

Er legte seinen Mantel ab und zog das Jackett aus.

„Na klar, Karl, ich mach’ dir einen Vorschlag, wenn du dich frisch gemacht hast, führe ich dich irgendwo hin, wo wir gemütlich frühstücken können, einverstanden oder möchtest du erst einmal schlafen?“

Karl schüttelte den Kopf.

„Müde bin ich im Augenblick gar nicht. Ich finde deinen Vorschlag toll und ich freue mich schon darauf. Schlafen kann ich immer noch."

Er verschwand im Bad und Herta putzte sich heraus.

„Du siehst ja richtig toll aus."

Erschrocken drehte sie sich um. Karl war auf leisen Sohlen aus dem Bad gekommen und rubbelte sich die Haare trocken.

Wenig später saßen sie im Midlumer Krug und sie schaute zu, wie er mit großem Appetit sein Frühstück geradezu verschlang.

Jetzt lehnte sich Karl zurück und tupfte sich mit der Serviette den Mund ab.

„Oh, ich kann nicht mehr, aber es war sehr lecker", stöhnte er und nahm noch einen Schluck Kaffee.

„Jetzt noch einen Schluck Sekt und dann musst du alles erzählen. Ich platze schon vor Neugier."

"Weißt du Herta, ich glaub, ich hab' den Mund ein bisschen voll genommen. Ich kann mich kaum noch auf den Beinen halten..."

"Oh, entschuldige Karl, das war wirklich egoistisch von mir, komm, wir gehen."

„Da gibt's nichts zu entschuldigen, ich wollte es ja selbst, aber du kennst ja das Sprichwort, der Geist ist willig, aber das Fleisch usw. usw. Aber ich möchte unserer kleinen Feierstunde noch eine kleine Krone aufsetzen..."

„Das klingt ja feierlich", lachte sie.

„Ist es auch, mein Schatz. Ich habe genügend Zeit gehabt und ich hab' mir etwas vorgenommen, was nur uns beide angeht, ich muss dir bei dieser Gelegenheit noch etwas beichten..."

"Kein Wort mehr Karl. Auch ich hab' mir was vorgenommen und das reicht für Menschen in unserem Alter, meinst du nicht auch?!"

„Danke, Herta, danke, mir fällt ein großer Stein vom Herzen. Und weil ich es insgeheim gehofft hatte, hab' ich noch eine Überraschung für uns. Ich habe vorhin mit meinem Chef gesprochen und er ist damit einverstanden, dass wir unseren Urlaub um eine Woche verlängern."

Sie sahen sich in die Augen und beide hatten das Gefühl, dass dieses Geiseldrama für ihre Ehe eine neue Qualität eingeläutet hatte.

*

Irene Matthießen schlich auf Zehenspitzen durch die Wohnung. Ihr Mann schlief tief und fest.

Er hatte sie am Morgen von ihren Freunden abgeholt. Viel gesprochen hatten sie nicht, denn ihr Mann war todmüde ins Bett gefallen.

Es war gleich 22 Uhr. Unschlüssig saß sie jetzt im Wohnzimmer. Sie wollte sich noch einen Spätfilm im Fernsehen anschauen, doch bald merkte sie, wie auch ihr die Augenlider immer schwerer wurden und nur wenig später übermannte sie der Schlaf.

Plötzlich wachte sie auf und fuhr hoch. Es hatte laut geknackt. Sie rieb sich die die Augen. Vor ihr stand ihr Mann und hatte den Apparat ausgeschaltet.

„Liebling, komm' ins Bett", flüsterte er zärtlich. Völlig schlaftrunken folgte sie ihm ins Schlafzimmer und fiel ins Bett.

„Guten Morgen, mein Schatz. Es ist Sonntag und ich habe einen Bärenhunger!"

Klaus Matthießen beugte sich über seine Frau und küsste sie wach. Sie reckte und streckte sich und schlang ihre Arme um seinen Hals.

„Ich bin so froh, dass alles vorüber ist", lächelte sie und rückte ein wenig in die Mitte.

„Komm noch einen Augenblick zu mir, ich muss dich richtig drücken und dann bereite ich dir ein Kaiserfrühstück."

Er schlüpfte unter ihre Bettdecke und sie schmiegten sich aneinander.

„Aber nun muss ich etwas essen", brummte er gutgelaunt und war mit einem Schwung aus den Federn.

Kurz darauf warf er einen Blick in die Küche. Es duftete schon nach gebratenen Eiern mit Speck. Solch ein deftiges Frühstück hatte er sich gewünscht.

„Du Spatz, ich hol' uns mal 'ne Zeitung." Sprach's und verschwand.

Irene goss gerade den dampfenden Kaffee in die Tasse, da war er wieder zurück.

„Stell' dir vor, Liebling, das war das letzte Exemplar. Die gingen weg wie warme Semmeln", schmunzelte er und schlug die Zeitung auf.

„Hier, schau' dir das an...", doch weiter kam er nicht, denn das Telefon läutete.

„Matthießen!" rief er reichlich grob in den Hörer und dann sagte er eine Weile gar nichts.

Zum Schluss meinte er: "Mach' ich und vielen Dank."

Irene schaute ihn fragend an. Mit ernster Miene fing er an:

„Das war der Vorstand von der Bank. Ich soll mich zwei Tage um das Geschäft kümmern und dann... und dann soll ich mit meiner Frau vier Wochen Urlaub machen an einem Ort unserer Wahl."

Für einen Augenblick war sie völlig verdattert, doch dann prusteten beide los und umarmten sich über den Tisch hinweg. Seine Tasse kippte um und der Kaffee ergoss sich auf die Schlagzeile der Zeitung:

Geisel: Es war die Hölle! Geiselgangster: Endlich ist alles vorbei! Polizeichef: Wir hatten die Lage jederzeit im Griff!!!

*

„Aber nicht länger als zwei Minuten!"

Mit erhobenem Zeigefinger verabschiedete sich der Chefarzt.

Erna Jensen nickte und atmete hörbar aus. Gott sei Dank, das Schlimmste schien überstanden, hatte der Professor gemeint. Seine medizinischen Fachausdrücke waren für sie ohnehin 'böhmische Dörfer'. Aber das war ihr auch egal, die Hauptsache für sie war, dass ihr Heinrich wieder auf die Beine kam. Ihr reichten die zwei Minuten.

In froher Stimmung beendete sie ihr Frühstück und packte die Sachen zusammen. Sie kannte ja jetzt den Weg und wenige Minuten später stand sie vor dem Bett ihres Mannes.

Da lag er mit offenen Augen und seine Gesichtsfarbe wirkte ein wenig frischer.

Ihre Blicke trafen sich. Heinrich lächelte schwach und Erna ergriff seine Hand, ganz vorsichtig. Sie fühlte sich warm an.

Heinrich nahm seinen anderen Arm und drückte damit ihre Hand, ganz leicht, aber doch spürbar. Er öffnete seinen Mund. Das bereitete ihm offensichtlich Schwierigkeiten, denn die Lippen waren verklebt. Nachdem er diese mit seiner Zunge benetzt hatte, ging es besser.

„Erna", flüsterte er und sie fühlte wieder den leichten Druck seiner Hand. Nur nicht weinen, kämpfte Erna mit den Tränen.

„Heinrich, mein lieber Heinrich."

Zu mehr Worten war sie nicht fähig. Die Kehle war ihr plötzlich wie zugeschnürt.

Heinrich lächelte immer noch und schaute sie an.

Ganz sanft spürte sie eine Hand auf der Schulter. Es war der Stationsarzt. Sie verstand ihn auch ohne Worte.

Sie streichelte kurz Heinrichs Unterarm und seine Wange. Die Verabschiedung fiel ihr nicht ganz so schwer wie sonst.

Vor der Umkleidekabine hörte sie ihren Namen. Es war der Polizist Feller.

„Ich dachte, dass es Sie interessieren wird: Das Geiseldrama ist zu Ende. Der Täter hat auf dem Flugplatz aufgegeben."

„Auf dem Flugplatz?"

„Ja, das war so...", er wollte gerade weitererzählen, doch da kam eine Krankenschwester auf sie zu.

„Frau Jensen, Ihr Mann möchte Sie sprechen."

Erna kniff sich in den Oberarm, träumte sie oder war es wahr. In die Freude mischte sich sofort wieder Angst. Kam jetzt der endgültige Abschied?

Sie lief die letzten Meter und hatte den Kittel noch gar nicht zugeknöpft, da stand sie wieder vor ihm. Mit einer schwachen Handbewegung machte er deutlich, dass sie sich zu ihm hinunterbeugen sollte. Erna hielt ihr Ohr an seinen Mund.

„Erna", flüsterte er kaum hörbar und sie ging noch dichter heran. „Erna, der - der Pelzmantel...den bekommst du."

Erna ließ ihren Tränen freien Lauf.

*

Hans nahm einen Schluck aus seinem Bierglas. Paul hörte ihm interessiert zu. So ging das jetzt schon ein paar Tage. Immer und immer wieder musste Hans von seinen Schicksalsstunden erzählen und Hans tat das sehr gern.

„Bedauerlich ist für mich nur, dass wir nicht geflogen sind. Das wär' ich wirklich für mein Leben gern", schloss er schmunzelnd.

„Erzähl' doch noch einmal, wie das war, als ihr ihn überrumpeln wolltet", bettelte Pau.

„Meinetwegen, aber vorher müssen wir noch einen 'Lütten' nehmen."

Er beugte sich nach hinten und angelte nach einer Flasche Korn. Sie fühlten sich wie im Schlaraffenland. Die Gemeinde hatte plötzlich, was vorher nie möglich war, eine kleine Zweizimmerwohnung herbeigezaubert. Die ersten drei Tage tanzten sie wie die Mastkälber in den beiden Zimmern umher. Sie hatten es einfach nicht fassen können. Und noch besser wurde es, als es klingelte und man ihnen auch Möbel, wenn auch gebrauchte, anlieferte.

Das war aber noch nicht alles. Zwei Tage später läutete es wieder. Es war ein Vertreter der Bank. Er war extra aus Husum gekommen und hatte zwei Kartons mit Lebensmitteln und Spirituosen dabei. Diese Flasche heute war die letzte, alles andere war schon durch ihre Kehlen geflossen.

Sie prosteten sich zu und Hans wollte gerade wieder erzählen, da klingelte es.

Es war schon kurz nach 21 Uhr. Hans war der erste, der sich bequemte, mal nachzusehen. Im Flur stand Obermeister Feller, allerdings in Zivil.

Misstrauisch schaute Hans ihn an.

„Darf ich kurz reinkommen?“ fragte der Polizist artig und das Misstrauen bei Hans wuchs. Wieso war der Bulle so freundlich? Da musste doch etwas dahinter stecken. Deshalb machte er ihm auch nur unwillig Platz.

„Oh welch hoher Besuch!“ spottete Paul und machte eine tiefe Verbeugung.

Feller ging gar nicht darauf ein, sondern kam gleich zur Sache.

„Ich komm’ gerade vom Flugplatz. Ich habe hier zwei Tickets für euch für einen Rundflug am Freitag. Was sagt ihr nun?“

Beide waren platt.

„Mensch, dass so etwas möglich ist. Das ist ja wie im Himmel.“

Hans sprang auf und tanzte um Feller herum.

„Ich sag’s ja. Die Polizei - Dein Freund und Helfer. Kommt Jungens, das muss gefeiert werden!“ brüllte er vor Begeisterung und knallte die Buddel Korn auf den Tisch. Er ging an ein kleines Bord und holte noch ein Schnapsglas und meinte stolz:

„Sie sind hier nicht bei armen Leuten. Trinken Sie mit uns?“

Feller nickte.

„Ich bin ja nicht im Dienst“ und er blieb, bis die Flasche völlig geleert war.

*

„Im Namen des Volkes verkündige ich folgendes Urteil:

„Der Angeklagte wird wegen erpresserischen Menschenraubes...“, der Vorsitzende legte eine kleine Pause ein, „zu einem Jahr Freiheitsstrafe verurteilt. Die Strafe wird zur Bewährung ausgesetzt!“

Im Zuschauerraum des Landgerichtes in Flensburg saß auch Oberkommissar Beckurt. Er hatte schon am frühen Vormittag als Zeuge aussagen müssen und sich die Zeit genommen, der Verhandlung bis zum Schluss beizuwohnen. Dieser Fall war für ihn hochinteressant und vor allem das Strafmaß für solch einen außergewöhnlichen Geiselnehmer interessierte ihn. Alle Zeugen, ob Opfer, Nachbarn, Kommilitonen, hatten dem Angeklagten bescheinigt, dass er kein Krimineller war. Er selbst, Beckurt, hatte dabei auch keine Ausnahme gemacht.

Und natürlich seine Mutter: Ihr Sohn war ihr ganzer Stolz und sie verstand die Welt nicht mehr. Nur sein edles Motiv bewahrte sie vor dem völligen Zusammenbruch.

„Hohes Gericht“, hatte er mit matter Stimme ausgesagt, „ich hatte es lange genug mit ansehen müssen, wie meine Mutter sich alles vom Munde absparte, nur um mir das Studium zu finanzieren. Das habe ich nicht länger ertragen wollen. Und ich hatte auch keine andere Chance gesehen, weil mein Examen so miserabel ausgefallen war, dass ich nie eine Anstellung bekommen hätte."

Da hatte sich die Mutter in ihrem Rollstuhl aufgerichtet und in den Gerichtssaal hineingerufen:

„Mein Junge, mein Junge, ich hätte dir doch weiterhin geholfen."

Er hatte sie nur müde angelächelt und dem 'Hohen Gericht' dankte er für das milde Urteil.

Das war Christian Hansen, der Geiselnehmer.

Beckurt hob den Kopf. Er war auch zufrieden; ein gerechter Richterspruch.

Langsam ging er die Stufen des Landgerichtsgebäudes nach unten. Am Ende drehte er sich noch einmal um und sah, wie sich Mutter und Sohn in den Armen lagen.

Der Autor

Rainer Ballnus hat viele Jahre an der Landespolizeischule in Schleswig-Holstein im Fachbereich Verbrechensbekämpfung als Lehrer kriminalistische und kriminologische Aspekte gelehrt und dabei seine praktischen Erfahrungen als Ermittler einbringen können.
Viele Jahre trug er als Lehrtrainer die Verantwortung für alle Aspekte der Kommunikation und hat im Psychologischen Dienst der Polizei u. a. auch als Trainer für eine Spezialeinheit, die im Falle der Geiselnahme und Entführung eingesetzt wird, gewirkt. Sein Wissen als Berater beim Polizeiführer in Krisen hat er als Dozent an der Fachhochschule in vielen Studiengängen weitergegeben.
Rainer Ballnus genießt 62-jährig das Leben mit seiner Familie in der Rosenstadt Eutin, in der Urlaubsoase Ostholstein und schöpft stets neue Ideen auf der herrlichen Urlaubsinsel Föhr.